Kar

Ich fühl m

D1197212

Karin König ist promovierte Erziehungswissenschaftlerin. Sie ist Mitautorin der Bücher »Merhaba ... Guten Tag« (Hans-im-Glück-Preis) und »Oya. Fremde Heimat Türkei«.
Karin König lebt als freie Publizistin in Hamburg.

Karin König

Ich fühl mich so fifty-fifty

Roman

Deutscher Taschenbuch Verlag

Zu diesem Band gibt es ein Unterrichtsmodell
unter www.dtv.de/lehrer
zum kostenlosen Download.

Originalausgabe
16. Auflage 2010
© 1991 Deutscher Taschenbuch Verlag
GmbH & Co. KG, München
Umschlagkonzept: Balk & Brumshagen
Umschlaggestaltung: Jorge Schmidt und Tabea Dietrich
unter Verwendung eines Fotos von Jan Roeder
Gesamtherstellung: Kösel, Krugzell
Printed in Germany · ISBN 978-3-423-78020-9

1

»Warum habe ich solche Angsthasen wie euch nur mitgenommen? Macht sofort die Taschenlampe aus!« Wütend dreht sich Sabine zu Stefan und Jürgen um. »Wir sind auf der Flucht und nicht auf einem Pfadfinderausflug für kleine Jungs!«

»Entschuldige, aber wir dachten ...«, kommt es kaum hörbar zurück.

»Ich verstehe es einfach nicht. Sie haben euch doch schon zweimal geschnappt. Diesmal reißt ihr mich mit hinein.«

Es kommt keine Antwort, doch Sabine spürt förmlich die Angst der beiden.

Einer von ihnen stolpert. Es knackt verräterisch. Ein leichtes Aufstöhnen.

»Verdammt, mein Fuß!«

»Meine Güte. Wir sind doch gerade erst losgegangen. Wie soll das ... So ein Mist!« Sabine ist gegen einen Stacheldraht gelaufen. Vorsichtig steigen sie darüber.

»Wenigstens haben wir die richtige Richtung eingeschlagen«, denkt sie.

Abrupt endet der Waldweg. Die drei tasten sich vorwärts. Sabine knipst die Taschenlampe an, hält aber ihren Mantel schützend über den Lichtschein. Sie holt den Kompass aus ihrer Hosentasche.

»Norden, die Richtung stimmt.«

»Meinst du wirklich?«, fragt Jürgen ängstlich.

»Ja, aber ihr könnt gerne nach Süden laufen.«

»Nein«, flüstert Jürgen, »aber hier geht es doch gar nicht weiter.«

Da muss Sabine ihm Recht geben. Der Wald wird

immer unwegsamer. Stachlige Büsche versperren ihnen den Weg. Die Natur bildet eine undurchlässige Wand.

Unschlüssig bleiben die drei stehen. Ein leichter Nieselregen setzt ein. Es ist August, aber empfindlich kalt.

»Wir müssen irgendwie durch die Buschwand kommen.« Sabine spricht sich selbst Mut zu. Entschlossen geht sie weiter, ertastet Lücken.

»Wir können nur durchkriechen, uns durchzwängen. Zum Glück haben wir ja kein Gepäck dabei.«

Teilweise auf allen vieren, teilweise auf dem Bauch robbend, kämpfen sie sich durch das Gestrüpp.

Sabine kommt kurz der zynische Gedanke, dass die militärischen Übungen während ihrer Schulzeit eine glänzende Lebenshilfe waren.

Zerkratzt und erschöpft erreichen sie schließlich einen Waldweg. Sabine schaltet kurz die Taschenlampe an.

»Reifenspuren. Mein Gott, das sind die Grenzer!«

»Vielleicht ist das der Waldweg von vorhin«, flüstert Stefan.

»Wir sind bestimmt im Kreis gelaufen. Kommt, wir hauen ab«, sagt Jürgen mit zitternder Stimme.

»Wie ihr wollt. Ich suche den zweiten Stacheldrahtzaun.« Sabine versucht ihrer Stimme Festigkeit zu geben. Bedrückt laufen die drei den Waldweg entlang.

»Dahinten ist ein Lichtschein, das sind sicher Grenzsoldaten.«

»Aber welche? Österreichische oder ungarische?«

»Vielleicht sind es auch Flüchtlinge, so wie wir?«

»Wir könnten ja ein Lichtzeichen geben«, überlegt Jürgen.

»Du hast zu viel Westfernsehen geguckt.« Sabines

Lebensgeister erwachen. Sie ist sich ganz sicher, vor ihr befindet sich der zweite Grenzzaun, genauso wie man ihn ihr beschrieben hat. Allerdings mit einem Unterschied. Er ist haushoch. Ihr schießen die Tränen in die Augen. Sie fühlt sich unendlich allein. Erschöpft lehnt sie sich mit dem Rücken gegen den Stacheldraht.

Es knackt hinter ihr. Sie spürt, wie der Draht unter dem Druck ihres Körpers nachgibt.

»Mensch, der Draht ist ja brüchig! Den können wir auseinander biegen.«

»Schrei doch nicht so, willst du, dass dir die Grenzer dabei helfen?«, fährt Jürgen Sabine an.

Problemlos brechen sie ein großes Loch in den Stacheldraht und klettern hindurch.

»So einen vergammelten Zaun gibt es bei uns nicht.«

In Stefans Stimme klingt fast so etwas wie Stolz.

»Was heißt hier bei *uns*?«, fragt Sabine spitz.

Alle drei lachen. »Bei uns!« Wo war das? Vielleicht würde das bald die Bundesrepublik sein, falls sie nicht doch noch geschnappt würden.

»Aber die Ungarn liefern ja nicht an die DDR aus«, denkt Sabine laut, eigentlich mehr, um sich selbst zu trösten. Dabei fällt ihr ein, dass Jürgen und Stefan diese Erfahrung schon zweimal gemacht haben.

»Also noch mal lass ich mich nicht schnappen«, sagt Jürgen mit Bestimmtheit.

»Kannste denen ja dann erzählen«, kommt es spöttisch von Stefan zurück.

»Vielleicht liefern sie euch gleich in die Klapse ein, bei so viel Blödheit.« Sabine meint es eigentlich gar nicht so böse, aber sie ist zu erschöpft um noch freundlich zu bleiben.

Stefan und Jürgen entgegnen nichts. Sie merken, wie fertig Sabine ist. Eine Zeit lang schweigen alle drei.

Mittlerweile hat der Nieselregen nachgelassen. Sterne zeigen sich am Himmel. »Es hat keinen Sinn weiterzugehen«, sagt Sabine verzweifelt. »Vielleicht laufen wir im Kreis herum. Wir müssen warten, bis es hell wird. Kommt, da vorne ist ein Hochstand, da wird uns so schnell keiner finden.«

Sabine klettert die Leiter zum Hochstand hinauf. Jürgen und Stefan folgen ihr schweigend.

Oben angekommen setzt sie sich erschöpft auf den Boden, eine Holzwand dient als Lehne. Mithilfe des Lichtscheins ihrer Taschenlampe guckt sie auf ihre Armbanduhr. »Drei Uhr.«

»Vier Stunden sind wir schon unterwegs«, stellt Stefan fest und verteilt Kekse. »Die sind noch vom Intershop.*«

Alle drei lachen leise vor sich hin.

»Intershop«, sagt Sabine versonnen, »bei uns zu Hause in Leipzig ist gleich einer um die Ecke. Da gibt es so herrliche Vollmilchschokolade, gefüllt mit Marzipan, und erst die Joguretten. Mir läuft das Wasser im Mund zusammen.«

»Bei uns in Schwerin der ist richtig mickrig, aber die Intershops in Berlin, so was habt ihr noch nie in eurem Leben gesehen. Es gibt dort alles. Da kaufen sogar die Bundis ein, na, und das will schon was heißen.« Stefan gerät richtig in Fahrt. »Stell dir vor, Bine, da verkaufen sie Taschenrechner, die sind so klein wie eine Streichholzschachtel.«

---

* Intershops waren Geschäfte, in denen man gegen westliche Währung Waren aus dem Westen kaufen konnte.

8

»Kannste ja jetzt alles live haben, im Westen«, entgegnet Sabine.

»Bloß hab ich kein Geld. Fünfzig Mark Ost, damit komme ich nicht weit. Ob man drüben wohl Arbeit bekommt? Es soll ja schwer geworden sein, bei so vielen Flüchtlingen aus dem Osten.« Stefan schweigt bedrückt.

»Kannst ja zurückgehen, Soldat werden an der Grenze«, fährt Jürgen ihn an. »War es nicht so? Sind wir nicht abgehauen, weil wir nicht zur Armee wollten? Aber bitte, vielleicht hast du dann bald das Geld für einen Taschenrechner zusammen. Vielleicht bekommst du ja an der Grenze Gefahrenzulage.« Jürgens Stimme überschlägt sich fast.

»Du hast ja Recht«, räumt Stefan ein, »reg dich wieder ab. So hab ich's doch gar nicht gemeint. Westkohle habe ich ja noch nie gehabt. Keine Verwandten im Westen, keine Beziehungen, nichts.«

Sabine hört nur mit halbem Ohr hin, zu oft hat sie solche Gespräche schon geführt. Jetzt, wo sie ruhig dasitzt, spürt sie ihre Erschöpfung. Ihre Hände sind zerschrammt, ihr rechter Knöchel schmerzt. Sie muss wohl umgeknickt sein. Die ganze Situation kommt ihr absurd vor.

›Was mache ich hier eigentlich‹, denkt sie, ›warum sitze ich nicht gemütlich zu Hause in meinem Zimmer in Leipzig, sondern hocke frierend auf einem Jägerhochstand an der ungarisch-österreichischen Grenze? Was erzähle ich denen drüben, warum ich in den Westen geflüchtet bin? Doch was ist eigentlich *drüben*? Ost oder West?‹ grübelt sie. ›Im Grunde wollte ich ja nie weg. Vor allem jetzt nicht, wo alle gehen.‹

Sabine ist plötzlich hellwach. Wie gerne hätte sie sich als Einzelkämpferin gesehen, immer mutig ihre

Meinung in der Schule vertretend. Bewundert von allen Klassenkameraden, von den Lehrern gefürchtet.

»Kein einziges Mal habe ich mich so verhalten«, gesteht sich Sabine ein. Sie will sich nicht mehr selbst betrügen, jetzt nicht mehr. »Trotzdem«, denkt sie und ballt die Fäuste in ihrer Hosentasche, »trotzdem wäre ich in der DDR geblieben, wenn …« Tränen schießen ihr in die Augen. »Wenn die Geschichte mit Mario und Mutti nicht gewesen wäre.«

Ihre Gedanken schweifen weit zurück.

Sie ist wieder in Leipzig. Der Kalender rückt sechs Monate zurück. Sabine erinnert sich.

2

»Vergiss nicht den Leipzig-Bildband einzustecken. Tante Gerda wird sich darüber freuen. Vielleicht bekommt sie dann doch mal Lust uns zu besuchen.«

Lachend wirft Sabine ihrem Bruder Mario das bunt verpackte Buch zu.

Sabines Mutter kommt hinzu. Zärtlich streicht sie ihrem Sohn über die Haare. »Freust du dich?«

Mario ist die Liebkosung seiner Mutter im Beisein seiner spöttisch grinsenden Schwester unangenehm.

»Natürlich«, brummelt er vor sich hin, »natürlich freue ich mich, aber auf Hamburg, nicht auf Tante Gerda.« Ihre stets etwas beleidigt klingende Stimme nachahmend: »Also weißt du, Mario, in die Ostzone fahre ich nicht, da musst du schon kommen.«

So redete sie jedes Mal am Telefon. Tante Gerda ist die Frau von Onkel Franz, dem Bruder von Sabines Vater. Onkel Franz ist vor ein paar Jahren gestorben. Da Mario das Patenkind von Tante Gerda ist, hat sie ihn zu ihrem sechzigsten Geburtstag nach Hamburg eingeladen. Für Mario ist der Geburtstag die erste Gelegenheit ein Besuchervisum für die Bundesrepublik zu beantragen.

Keiner hat damit gerechnet, dass Mario eine Reiserlaubnis erhalten würde. Doch es klappte. Für sieben Tage darf er die DDR in Richtung Hamburg verlassen. Ein wenig neidisch blickt Sabine auf ihren Bruder. So sehr sie ihm die Reise gönnt – wie gerne wäre sie mitgefahren. »Einmal in den Westen reisen«, seufzt sie. »Nur mal gucken, mehr nicht. Wieso ist das nicht möglich?«

»Frag doch morgen deine Stabü*-Lehrerin. Sie weiß sicher die richtige Antwort«, entgegnet Mario und klappt mit Schwung seinen Koffer zu.

»Ich bin ja nicht lebensmüde! Als ob du jemals solche Fragen in der Schule gestellt hättest.« Sabine ist sauer. Immer wieder tut Mario so, als ob sie eine Duckmäuserin sei. Er hat gut reden, schließlich liegt die Schule hinter ihm. Sie aber muss das Abitur noch bestehen. Na ja, die paar Monate werden auch noch vorbeigehen. Da wird sie sich nicht noch kurz vor dem Ziel unvorsichtig verhalten. In diese Gedanken hinein sagt ihr Vater: »Kommt, wir müssen los, der Zug wartet nicht.«

Am Bahnhof angelangt, suchen sie den Fahrkartenschalter »Ausland«. »Da fährt mein Bruderherz ins Ausland, in die Bundesrepublik«, spöttelt Sabine und zwickt ihren Bruder in den Arm.

Mario grinst sie an.

Am Schalter »Ausland« ist reger Betrieb.

»Eine Fahrkarte nach Hamburg«, verlangt Mario, als er endlich an der Reihe ist.

»Bitte?«, kommt es erstaunt zurück.

Leicht genervt wiederholt Mario sein Anliegen.

»Na, da möchte ich doch mal Ihren Reisepass sehen«, erwidert die Fahrkartenverkäuferin. »Oder holen Sie die Fahrkarte für Ihre Oma ab? Dann sage ich Ihnen gleich, ohne Reisepass bekommen Sie hier gar nichts.«

Ohne zu antworten legt Mario seinen Pass vor. Er musste ihn für die Reise nach Hamburg eigens

* Staatsbürgerkunde war ein Unterrichtsfach ab der siebten Klasse, in dem politische Vorgänge sowie der Marxismus sehr einseitig vermittelt wurden.

beantragen. Sein Personalausweis wurde für diese Zeit einbehalten. Nach Beendigung der Reise bekommt er seinen Personalausweis zurück, gleichzeitig muss aber der Reisepass wieder abgegeben werden.

Die Wartenden um ihn herum schauen neugierig zu. Schweigend wird der Pass kontrolliert, schweigend erhält Mario die Fahrkarte. Auch während des Bezahlens fällt kein überflüssiges Wort.

»Von Freundlichkeit hat die auch noch nie etwas gehört«, sagt Mario, als sie vom Fahrkartenschalter weggehen.

»Ärgere dich bloß nicht. Die hat doch ihre Anweisungen«, versucht Sabine zu beschwichtigen. »Komm, wir müssen zu Gleis 7. Dort warten auch die Eltern.«

»Wieso kann man bei uns ohne Reisepass keine Fahrkarte nach Hamburg kaufen?«

»Jetzt mach doch bloß nicht aus einer Mücke einen Elefanten, vor allem nicht vor den Eltern. Freu dich, dass du fahren darfst. Du bist schließlich der Erste in der Familie Dehnert.«

»Darf, darf, höre ich da nur. Na, wenn Mutti jetzt Frührentnerin wird, darf sie ja auch.« Marios Stimme klingt wieder entspannter.

Auf Gleis 7 ist es rappelvoll. Auffallend ist, dass fast ausschließlich ältere Menschen den Zug besteigen. Kein Wunder, denn DDR-Bürger, die noch nicht im Rentenalter sind, erhalten nur in Ausnahmefällen eine Reiseerlaubnis in die Bundesrepublik.

»Der Mumienexpress«, lacht Sabines Vater, »es stimmt wirklich.«

Inzwischen ist Mario in den Zug eingestiegen und winkt aus seinem Abteilfenster. »Also, Leute, macht es gut«, und zu Sabine gewandt, »entschuldige, dass ich dich immer ein wenig auf den Arm nehme, aber du bist mich ja jetzt los.«

»Na, die mickrigen sieben Tage, da werde ich noch keine Entzugserscheinungen bekommen«, antwortet Sabine lachend.

»Mario, sieben Tage und keine Minute länger!« Erschrocken hält sich die Mutter die Hand vor den Mund.

»Es hat dich schon keiner gehört.« Sabine legt beruhigend den Arm um sie.

»Sieben Tage, sieben Jahre, wo ist da der Unterschied?« Ein wenig großspurig wirkt Mario, als er das sagt. Der Zug setzt sich in Bewegung.

»Also, bis bald, irgendwo.« Mario winkt und wirft ihnen eine angedeutete Kusshand zu.

»So ein Angeber.« Sabine dreht sich um und wischt sich verstohlen die Tränen aus den Augen.

3

Das Telefon klingelt. Sabine hebt ab.

»Hat Mario geschrieben?«, hört sie ihre Mutter atemlos fragen.

»Nein, ich hätte dich doch sonst bei der Arbeit angerufen. Reg dich bloß nicht auf. Mario wird schon nicht entführt worden sein. Wahrscheinlich will er sich mal in Ruhe den Westen angucken, ohne Tante Gerda.« Sabine versucht ihrer Stimme einen zuversichtlichen Klang zu geben.

»Aber Tante Gerda hat doch gesagt, dass sie Mario nach sieben Tagen in den Zug gesetzt hat, nach Leipzig.«

»Mutti, sie hat ihn an den Bahnhof gebracht, nicht an den Zug. Tante Gerda musste doch zum Arzt. Da wird Mario erst gar nicht in den Zug nach Leipzig eingestiegen sein.« Sabine wird ungeduldig, wie oft hat sie gemeinsam mit ihrem Vater versucht ihre Mutter zu beruhigen.

»Aber er hat doch kein Geld«, die Stimme der Mutter klingt brüchig.

»Aber Mutti, er hat schließlich drüben Begrüßungsgeld bekommen. Tante Gerda wird ihm auch etwas zugesteckt haben.«

»Weißt du, Sabine, manchmal denke ich, Tante Gerda sagt uns nicht die Wahrheit. Sie weiß, wo Mario steckt, und verschweigt es uns.«

»Aber warum?«

»Weil sie keine Scherereien haben will oder ...«

»Oder«, fällt ihr Sabine erregt ins Wort, »weil Mario es nicht will!«

»Ja, vielleicht hast du Recht«, die Stimme der Mutter ist kaum noch zu hören.

Es klickt in der Leitung. Frau Dehnert hat aufgelegt.

»Mistkerl, wenn du vor mir stehen würdest, du bekämst von mir eine geschossen, mein lieber Bruder. Da könntest du Gift drauf nehmen«, schreit Sabine in die tote Leitung. »Deine Cabinet-Zigaretten hast du ja nicht mehr nötig, kannst dir jetzt mit den feinen Westzigaretten die Lunge voll pumpen.«

Wütend schmeißt sie die auf der Kommode liegende angebrochene Zigarettenpackung ihres Bruders in den Papierkorb. Sabine spürt, wie ihr die Tränen kommen, nicht aus Wut, sondern aus Trauer und Verzweiflung.

Der Weggang ihres Bruders hat ihrem Leben eine radikale Wendung gegeben. Dass es ein endgültiger Weggang ist, ist allen klar, auch der Mutter.

»Mit welchen Argumenten könnte er nach vier Wochen an der Grenze stehen und zurückwollen? Mario weiß das alles ganz genau. Aber, wenn ihm vielleicht doch etwas passiert ist? Ein Unfall? Vielleicht ist er überfallen worden, in schlechte Gesellschaft geraten, unter Drogen gesetzt worden? Hamburg ist so eine große Stadt, da kann einer doch leicht untergehen. Auf Tante Gerda ist kein Verlass, die kümmert sich nur um sich selbst.

Es fing schon damit an, dass Mario nur einmal aus Hamburg angerufen hat. Gut, er mag das Bemuttern nicht, aber bei so einer außergewöhnlichen Reise. Merkwürdig war auch, dass Tante Gerda ihn auf einmal eingeladen hat. Selten hat sie sich seit dem Tod ihres Mannes gemeldet.

Das obligate Weihnachtspäckchen für die »Armen in der Zone«, lieblos verpackt von einem Supermarkt, war eigentlich alles, was an sie erinnerte. Mario war zwar ihr Patenkind, aber gespürt hat er davon wenig. Dann kam aus heiterem Himmel diese Einladung. Ob Mario das alles selbst in die Wege geleitet hat? Vielleicht hat er ja Tante Gerda gebeten ihn einzuladen und beteuert, dass er ihr nicht auf der Tasche liegen wird? Ob er da schon geplant hat ganz im Westen zu bleiben?«

Sabine schrickt aus ihren Gedanken auf: Es klingelt an der Wohnungstür, gleichzeitig wird sie aufgeschlossen. Herr Dehnert kommt nach Hause.

»Na, was von Mario gehört?«, fragt er und wirkt unendlich müde.

»Nein.« Sabine streichelt ihrem Vater tröstend über den Arm. Über Nacht ist er alt geworden, so kommt es Sabine jedenfalls vor. Oder hat sie früher nicht so darauf geachtet? Gestern wollte sie ihren Vater vom Volksbuchladen, wo er arbeitet, abholen. Sie wollte ihm damit eine Freude bereiten. Aber sie kam mal wieder zu spät. Von Ferne konnte sie ihren Vater gerade noch erkennen.

Langsam und gebeugt ging er die Katharinenstraße entlang. Den Kopf zwischen die Schultern gezogen, den Blick auf den Boden geheftet. So, als ob er von keinem gesehen oder gar angesprochen werden wollte. Dabei hatte es sich wie ein Lauffeuer herumgesprochen, dass Mario von einer Westreise nicht mehr zurückgekommen war. »Er hat rübergemacht«, so die einhellige Meinung aller.

Sabine wird aus ihren Gedanken gerissen, als sie ihren Vater in der Küche mit dem Geschirr klappern hört.

»Du bist ein richtiger Hausmann geworden, komm, ich trockne ab.« Sabine nimmt ein Küchenhandtuch. »Weißt du, Vati, das mit dem Hausmann ist ein Kompliment.«

»Na, wo Mario nicht da ist«, brummt der Vater.

»Also, im Haushalt hat er sich wirklich nicht überarbeitet.« Sabine trocknet das Besteck ab.

»Wie läuft es denn in der Schule?«

»Ach, es geht«, antwortet Sabine gedehnt und wienert die Messer wie eine Weltmeisterin.

»Wissen deine Lehrer schon Bescheid?«

»Mhm, bestimmt.«

»Und ... Wie haben sie darauf reagiert?« Herr Dehnert guckt nicht hoch, auch für ihn scheint der Abwasch absolut spannend zu sein.

»Kannst du dir ja denken. Frau Müller hat mich ironisch gefragt, ob der Rest der Familie schon einen Ausreiseantrag gestellt hat. Sie will mit euch reden.«

»Das dachte ich mir.« Bitter lacht Herr Dehnert auf.

»Hoffentlich lassen sie mich das Abi machen. Als der Vater von Ulrike aus meiner Klasse im Westen blieb, ist sie von den Lehrern schikaniert worden. Schließlich waren sie und ihre Mutter es leid und haben einen Ausreiseantrag gestellt.«

»Kind, beruhige dich. Ich werde der Schulleitung erklären, dass es Marios Entscheidung war im Westen zu bleiben. Wir haben nichts davon gewusst.«

Die Wohnungstür wird aufgeschlossen.

»Mutti ist da«, rufen beide gleichzeitig, fast erleichtert.

Frau Dehnert kommt in die Küche, auch sie wirkt müde und abgekämpft. Sie stellt ihre Einkaufstasche auf den Stuhl.

»Manchmal habe ich das Gefühl, in meinem Leben nichts anderes zu tun als in Geschäften Schlange zu stehen.«

Sabines Mutter ist der tägliche Einkaufskampf ein Gräuel. Vor allem dann, wenn sie nach Hause kommt und in die enttäuschten Gesichter sieht, wenn mal wieder nichts Gescheites an Obst oder Gemüse zu ergattern war.

»Na, gibt es etwas Neues?« Frau Dehnert versucht dabei ein möglichst gleichgültiges Gesicht zu machen.

»Nein«, antwortet ihr Mann leise.

»Was gibt es denn zum Abendessen?«, ruft Sabine, so, als ob sie die Frage nicht gehört hätte.

4

»Mutti, willst du noch etwas essen?«

»Nein, nein, iss du nur«, antwortet Frau Dehnert ganz in Gedanken. »So geht das nicht weiter. Diese Warterei macht mich verrückt. Ich weiß wirklich nicht, woher ihr die Ruhe nehmt gemütlich zu Abend zu essen. Ich finde diese Ungewissheit unerträglich. So etwas hat Mario doch noch nie gemacht.« Frau Dehnert gestikuliert so heftig, dass sie fast ihr Glas umwirft. »Er ist ja schon öfters Knall auf Fall verschwunden, damals nach Prag oder im letzten Sommer nach Bulgarien. Aber sobald er konnte, hat er sich doch bei uns gemeldet.«

Sabine und ihr Vater tauschen Blicke.

»Ich versteh das nicht. Wie oft haben wir gerade in den letzten Wochen gemeinsam diskutiert, ob wir auch einen Ausreiseantrag stellen sollen. Wir sind doch immer wieder zu dem Ergebnis gekommen, wir bleiben. Auch Mario dachte so, obwohl er am heftigsten auf die DDR geschimpft hat.«

»Christa, quäl dich doch nicht so.« Besorgt schaut Herr Dehnert seine Frau an.

»Ach, lass mich. Ihr dachtet doch immer, dass ich wegwill. Es stimmt ja auch. Wie gerne würde ich in den Süden reisen, dorthin, wo es warm ist, der Oleander blüht und die Orangen wachsen. Ich möchte nur einmal das Mittelmeer sehen, Italien, Spanien, Griechenland.«

»Ich auch«, stimmt ihr Sabine zu.

»Danach würde ich sofort wieder zurückkommen. Wieso traut mein Staat mir diese Entscheidung nicht zu? Wir werden einfach wie unmündige Kinder behandelt! Sag doch auch einmal etwas.«

Hilfe suchend sieht Frau Dehnert ihren Mann an.

»Christa, du weißt genau, dass ich dagegen war zu gehen. Ich finde, im Gegensatz zu euch, dass es uns hier gut geht. Wir haben doch alles, was wir brauchen: eine vernünftige Arbeit, eine schöne Wohnung, unsere Zukunft ist gesichert. Sabine, hast du nicht ein hübsches Zimmer, viele Freundinnen? Bald kannst du studieren. Was fehlt dir denn?«

»Ach, Vati, wie soll ich dir das erklären? Du hältst Mario und mich für undankbar. Darum geht es doch gar nicht. Uns fehlt hier einfach die Luft zum Atmen. Wenn ihr mich fragt: Mario wollte immer weg, er hat es sich nur nicht getraut zu sagen.«

Bei ihrem letzten Satz zuckt Herr Dehnert zusammen. Wortlos erhebt er sich, bleibt unschlüssig stehen und sagt dann fast verlegen zu Sabine: »Weißt du, vielleicht habe ich es dir nie gesagt, aber ich bin sehr stolz darauf, dass du bald studieren wirst. Ich hätte es mir auch so für Mario gewünscht«, sagt er und dreht sich zur Tür. »Na ja, ich vertrete mir noch ein wenig die Beine. Ich bin bald wieder zurück.«

»Typisch Vati, als ob uns diese Moralpredigt weiterhelfen würde!« Frau Dehnert schüttelt den Kopf. »Sabine, ich glaube, es wird höchste Zeit mal über einiges zu sprechen.«

»Noch eine Moralpredigt am frühen Abend vertrag ich nicht«, sagt Sabine spitz, doch ihre Mutter überhört es.

»Wir haben mit euch nie über gewisse Dinge geredet, da wir sie für zu belastend hielten. Aber ich glaube, diese Zeit ist vorbei.« Frau Dehnert holt tief Luft. »Sabine, sicher wunderst du dich manchmal über deinen Vater. Sein Verhalten ist dir oft fremd, das merke ich ganz deutlich.

Aber als du sieben Jahre alt warst, stand Vati vor dem Höhepunkt seiner beruflichen Karriere als Mineraloge. Er sollte ein eigenes Institut erhalten mit zwanzig Mitarbeitern, ein kleines Museum einrichten, Forschungsreisen ins westliche Ausland unternehmen. Einzige Bedingung war: er musste in die Partei eintreten. Vati weigerte sich und war plötzlich nicht mehr im Gespräch als Leiter des Instituts. Schlimmer war für ihn jedoch, dass er für seine Kollegen nicht mehr existierte. Er bekam keine Informationen mehr, durfte nicht im Ausland forschen, das Museum wurde nicht eröffnet. Später fand er dann die Stelle in der Buchhandlung, den Rest kennst du ja.

Seit dieser Zeit hat sich Vati verändert. Er ist jetzt so still und in sich gekehrt. Früher war er sehr lebenslustig und kontaktfreudig, auf Festen war er schnell der Mittelpunkt. Er hat seinen Beruf geliebt. Er war stolz auf sein Land. Aber er wollte nicht in die Partei eintreten.«

»Aber Mutti, die Geschichte mit der Partei ist schließlich vielen passiert«, wirft Sabine ein, »das hätte er doch wissen müssen.«

»Ja, schon«, antwortet Frau Dehnert, »ich glaube, Vati will sich seitdem nicht mehr mit der DDR auseinander setzen. Er hat seine private Nische gefunden, da rührt er sich nicht mehr heraus. Er will aber, dass ihr beiden eure eigenen Erfahrungen mit unserem Land macht. Er will euch nicht beeinflussen. Darum haben wir geschwiegen, auch wenn es mir oft schwer fiel. Vielleicht verstehst du deinen Vater nun besser?« Hoffnungsvoll blickt Frau Dehnert ihre Tochter an.

»Ja, jetzt wird mir einiges klar. Jetzt weiß ich auch, wieso Vater immer wie ausgewechselt ist, wenn er uns seine Steinesammlung zeigt. Da ist er kaum zu stoppen, redet wie ein Buch und ist ein völlig anderer Mensch.« Sabine sieht ihre Mutter nachdenklich an. »Ich finde trotzdem, ihr hättet uns die Geschichte schon früher erzählen müssen. Vielleicht wäre dann auch Marios Verhältnis zu Vati besser gewesen.«

»Da magst du Recht haben«, sagt Frau Dehnert leise. »Ich mach mir solche Sorgen um Mario.«

»Mutti, das Jammern alleine hilft nichts. Wenn es dir so wichtig ist, musst du probieren nach Hamburg zu fahren.«

»Ich weiß ja, deshalb habe ich auch versucht meinen Antrag auf Frührente zu beschleunigen. Dann kann ich legal in den Westen reisen, zu Mario. Ich lass mir doch unsere Familie nicht durch die Grenze zerstören!« Frau Dehnert ist sichtlich erregt. »Aber jetzt brauche ich auch frische Luft! Kommst du mit, vielleicht holen wir Vati ein?«

5

Karin gähnt gelangweilt. »Wo ist eigentlich Ramona, ist sie krank?«, fragt sie ihre Freundin Sabine, ihre Banknachbarin in der Klasse.

»Keine Ahnung. Vielleicht hat sie keine Lust. Aber eigentlich komisch, so kurz vor dem Abi. Na ja, sie kann es sich leisten, sie ist schließlich die Klassenbeste.«

Frau Müller, die Klassenlehrerin, betritt den Raum. Die Schüler stehen sofort auf.

»Freundschaft.« Ihre Stimme ist weder freundlich noch unfreundlich.

»Freundschaft«, antwortet monoton die Klasse.

»Du kannst die Uhr nach ihr stellen«, flüstert Sabine Karin zu.

»Stimmt. Heute sieht sie ja direkt flott aus, wenn die mal keine Westkontakte hat. Das lila gepunktete Sweatshirt würde mir auch gefallen, so was bekommste doch bei uns nicht.«

Frau Müller gilt in der Klasse als Hundertprozentige oder auch als Rotbestrahlte.

»Ramona Reuter wird ab heute nicht mehr unsere Schule besuchen. Schlagt eure Arbeitshefte auf.« Frau Müllers Stimme klingt noch unpersönlicher als sonst. Sie braucht keine Fragen über das Verbleiben von Ramona zu befürchten. Zu groß ist die Angst der Schüler so kurz vor dem Schulende aufzufallen.

Lähmendes Schweigen breitet sich in der Klasse aus.

»Ramona ist in den Westen und keiner hat auch nur das Geringste geahnt«, denkt Sabine und ist sich sicher, dass ihren Mitschülern ähnliche Gedanken

durch den Kopf gehen. »Ob ihre Familie einen Ausreiseantrag gestellt hat oder ob sie illegal über die
Grenze gegangen sind? Vielleicht ist Ramona auch
alleine abgehauen?« Sabine sieht zu Karin hinüber,
ihre Blicke treffen sich. »Sicher denkt Karin dasselbe
wie ich. Nicht, dass Ramona unsere Herzensfreundin
war, im Gegenteil. Sie war uns immer als eine absolut
»Überzeugte« verdächtig gewesen. Die Mutter war
sogar höhere Parteifunktionärin und der Vater Reisekader*.«

»Hoffentlich ist bei Ramona alles gut gegangen«,
flüstert Karin Sabine zu. »Sind wir denn die Dummen, die bleiben?«

Sabine versucht Karin zum Schweigen zu bringen.
Wenn bloß Frau Müller solche Sätze nicht hört!

»Nur die Dummen bleiben.« Sabine klingt dieser
Satz immer und immer wieder in den Ohren. –
»Nein, wir können doch nicht alle weggehen. Ich
kenne doch drüben keinen. Na ja, bis auf Mario und
Tante Gerda.«

Die Stunde schleppt sich dahin. Die Gedanken der
meisten Schüler sind bei Ramona. Sie ist die Erste in
der Klasse, die weggegangen ist, aber sie ist nicht die
Einzige, die sie kennen.

Verwandte, Freunde, Nachbarn, der Bäcker um
die Ecke, der Kinderarzt, die beste Freundin, auf einmal sind sie nicht mehr da. In der Regel bekommt
man nach einigen Wochen eine bunt glänzende Postkarte von ihnen geschickt. Entweder aus einer west-

---

* Kader: In der sozialistischen Gesellschaft Menschen, die die
Verantwortung für die Leitung eines Kollektivs trugen.
Reisekader durften zu bestimmten Anlässen, wie Fachkon-
gressen, ins westliche Ausland reisen.

deutschen Großstadt, von den Alpen oder von der Nordsee, manchmal auch aus Paris. Der Text auf den Karten ähnelt sich. Sie schreiben, dass es ihnen wunderbar ginge, dass sie schon eine Wohnung und ein Auto hätten, eine Arbeit, die erste Auslandsreise sei gebucht. Der Kontakt schläft dann langsam ein, auf beiden Seiten.

»So war es jedenfalls bei meiner Cousine aus Schwerin und bei der besten Freundin meiner Mutter«, denkt Sabine, »ob die uns da drüben einfach vergessen? Bei Mario scheint es ja der Fall zu sein.«

Das Pausenzeichen weckt Sabine aus ihren Gedanken.

In der Pause wird von nichts anderem geredet als von Ramonas Weggang.

›Es ist wie immer‹, denkt Sabine, ›die in der Klasse den Mund halten, riskieren hier die große Lippe.‹

Wortfetzen dringen an ihr Ohr. »Denen sollte man es zeigen. – Diskutieren sollten wir. – Ich gehe jedenfalls nicht zur Armee, dann haue ich lieber ab. – Im Westfernsehen haben sie gestern gebracht, dass Tausende Ausreiseanträge gestellt haben, und ihnen ist nichts passiert. Glaubst du das wirklich? Meine Tante verlor sofort nach Antragstellung ihre Arbeit. – Stimmt, unsere Nachbarn auch. Jetzt sitzen sie seit Wochen auf gepackten Koffern und warten auf ihre Ausreise.«

»Sabine, vergiss nicht, heute Nachmittag«, erinnert Karin sie.

»Na, was habt ihr beiden denn heute so Wichtiges vor? Wollt ihr mich nicht einweihen?« Klaus, auch »der Spion« genannt, gesellt sich zu ihnen.

»Ist nur was für Mädchen, da kannst du leider nicht dabei sein«, sagt Sabine schnippisch.

»Ach, seit wann dürfen bei der Kirche nur Mädchen mitmachen?« Klaus grinst unverschämt.

»Wer redet denn von Kirche? Misch dich nicht in unsere Angelegenheiten!« Karin zieht Sabine weg. »Lass uns schon reingehen. Mathe fängt gleich an.«

Endlich ist die Schule aus. Die beiden Freundinnen haben den gleichen Nachhauseweg.

»Weißt du«, Sabine hakt sich bei Karin unter, »wir sind zu feige, Klaus zu sagen, dass wir in die junge Gemeinde gehen, weil wir dort wenigstens sagen können, was wir denken.«

»Was hast du eigentlich«, Karin winkt ärgerlich ab, »du warst ja schließlich diejenige, die nicht wollte, dass darüber gesprochen wird. Du hast doch immer allen erzählt, wir gingen in die Stadt, ins Kino oder sonst irgendeinen Quatsch. Außerdem habe ich keine Lust, dass Frau Müller erfährt, was wir machen. Weißt du noch, was sie über die Schüler gesagt hat, die in der Kirche mitmachen?«

Sabine lacht und macht den strengen Tonfall ihrer Lehrerin nach.

»Wer Mitglied in der Kirche ist, weiß ja wohl auch, wie viele Kriege die Kirche angezettelt hat.«

»Siehst du, die standen doch ganz blöd da, als Kriegstreiber.«

»Das Schlimme ist doch, dass keiner von uns sie verteidigt hat, weil wir immer Angst haben, dass unsere Chancen für einen Studienplatz oder für weiß Gott was rapide sinken. Es müsste mal was ganz Besonderes passieren, etwas, das uns alle aufrüttelt.« Sabine ereifert sich, obwohl sie weiß, dass sie bei Karin kein Gehör findet und sie es ihr noch nicht einmal vorwerfen kann.

Karins ältester Bruder hat vor einem Jahr versucht illegal die DDR zu verlassen. Er ist dabei von Grenz-

27

soldaten überrascht worden. Als er bei seiner Festnahme Widerstand leistete, wurde er schwer verletzt. Wie sich alles im Einzelnen zugetragen hat, bekam die Familie nicht mitgeteilt. Dieses »schwarze Schaf«, wie angeblich gut meinende Klassenkameraden Karins Bruder bezeichnen, hat die ganze Familie auseinander gebracht. Der Vater, ein überzeugter Kommunist, konnte sich mit der Tat seines Sohnes nicht abfinden, ließ sich später scheiden und zog in eine andere Stadt. Die Mutter wechselte den Arbeitsplatz, Karins älteste Schwester verzichtete aus Protest über die hohe Gefängnisstrafe ihres Bruders auf ihren Studienplatz. Sie arbeitet jetzt in einem kirchlichen Altersheim.

»Karin, wie geht es eigentlich deinem Bruder?« Sabine dreht sich zu ihrer Freundin um.

»Mutti darf ihn am Sonntag besuchen. Sie ist jetzt schon krank vor Aufregung. Habe ich dir schon erzählt, dass mein Vater wieder geheiratet hat? Eine Kollegin, hat er mir mitgeteilt. Ich soll nicht böse sein, wenn er die Hochzeit nur im engsten Familienkreis feiern will. Da frage ich mich doch, wer gehört eigentlich dazu, wenn nicht ich. Jetzt träume ich davon, wie ich seiner neuen Frau erzähle, dass der Sohn ihres Mannes wegen Republikflucht sitzt. Vielleicht verlässt sie ihn dann postwendend. Wäre doch wunderbar. Na ja, meiner Mutter habe ich von der Hochzeit nichts erzählt. Ich weiß nicht, ob sie das verkraften würde.« Karin bleibt stehen. »Sabine, kannst du dir das vorstellen? Ein Mann kehrt seiner Familie den Rücken, nur weil der Sohn das Land verlassen will? Weil der weder Lust hat Soldat zu werden noch Medizin zu studieren, sondern Musiker werden will, am liebsten Schlagzeuger?« Karin gestikuliert wild mit den Armen in der Luft und versucht einen Schlagzeuger nachzuahmen. Sie sieht dabei so komisch aus, dass Sabine schallend lachen muss. Verdutzt hält Karin inne. »Was ist daran komisch?«

»Na, deine Armbewegungen.«

»Sonst hast du nichts dazu zu sagen?«

»Aber Karin, ich kenne doch die Geschichte in- und auswendig.«

»Na und? Von der Hochzeit habe ich ihr doch nichts erzählt. Und du mit deinem Mario. Die Geschichte kann ich auch vor- und rückwärts beten. Warte mal ab, wie deine Familie endet. Bin mal gespannt, wer der Nächste ist, der sich bei euch aus dem Staub macht.« Karins Stimme überschlägt sich fast vor Zorn. Unsicher blickt Sabine sie an. Was soll sie antworten? Wie kommt Karin eigentlich dazu zu behaupten, noch einer aus ihrer Familie würde abhauen?

»Und wenn schon. So blöd wie dein Bruder hat sich meiner jedenfalls nicht angestellt.«

Beide Mädchen starren sich sprachlos an. So haben sie noch nie miteinander gesprochen.

›Mist‹, denkt Sabine, ›wie konnte ich nur so was sagen? Ich wollte Karin doch nicht verletzen. Am besten, ich entschuldige mich.‹

Ähnliches muss auch Karin denken, als sie ziemlich abrupt »war nicht so gemeint« murmelt.

»Bei mir auch nicht«, antwortet Sabine schnell.

Schweigend gehen sie nebeneinander nach Hause. Plötzlich merkt Sabine, dass Karin weint. Solange sie sich kennen, hat sie ihre Freundin noch nie weinen gesehen. Zögernd greift Sabine Karins Hand und drückt sie sanft. Ganz kalt fühlt sie sich an.

»Mensch, Karin, wir sind richtig blöde Kühe. Du bist doch meine beste Freundin und jetzt läufst du heulend neben mir her.« Stürmisch umarmt Sabine ihre Freundin.

Karin weint nur noch stärker, unter Tränen stößt sie hervor: »Ich kann einfach nicht mehr. Ich will auch mal wieder fröhlich sein. Zu Hause ist immer trübe Stimmung. Meine Mutter läuft mit verbitterter Miene herum, meine Schwester erzählt nur vom Altersheim, mein Vater hat mich vergessen und mein Bruder will keinen von uns mehr sehen. Ach Sabine, weißt du, ich bin siebzehn Jahre, ich will doch auch mal tanzen gehen, mich verlieben. Aber ich hätte dabei so ein schlechtes Gewissen vor meiner Mutter.«

Karin macht sich aus Sabines Umarmung los.

»So geht es nicht weiter. Nach dem Abi hau ich ab.«

»Bist du verrückt, wohin denn?«

»Na, wohin wohl! Wo es doch jetzt so einfach ist in den Westen zu kommen. Pass auf, ich schaffe es schon! Also, bis heute Nachmittag.« Schon ist Karin um die Ecke. Sprachlos bleibt Sabine stehen. Seit wann will Karin in den Westen?

6

Der Gemeinderaum ist fast zu klein für die Umweltgruppe, die sich dort einmal in der Woche trifft. Die Wände sind bunt bemalt, Losungen wie: »Tschernobyl ist überall« und »Frieden schaffen, ohne Waffen« sind zu lesen.

Der Raum ist spärlich möbliert, schadhafte Stellen an den Wänden sind mit Plakaten überklebt, die Pfarrer Adolph von einer Reise in den Westen mitgebracht hat. Es sind lauter Plakate gegen die Umweltzerstörung. »Ich habe sie in meinem Talar geschmuggelt«, erzählt er lachend der Gruppe.

Der Aufkleber »Wir bleiben hier« ist ganz neu und ein DDR-Produkt. Er prangt an auffälliger Stelle, direkt unter der Wanduhr.

Sabine kommt mal wieder zu spät. Die Diskussion ist schon voll im Gang.

»Entschuldigt die Verspätung, aber ich habe auch was mitgebracht.«

Sie zieht eine Schachtel Kekse und eine Tafel Schokolade aus der Tasche.

»Ach, die gute Westschokolade. Dein Brüderchen hat sich wohl gemeldet. Sabine, Sabine, bist auch du für uns verloren? Schokolade vom Klassenfeind«, kommentiert gutmütig ein Gruppenmitglied. Alle lachen, Sabine auch. Bernd, der die Gruppe leitet, fährt fort: »Also, seid ihr damit einverstanden? Wir machen eine Demo vor dem Rathaus um gegen die schlechte Luft in Leipzig zu protestieren. Wir binden uns Tücher um den Mund. Zündende Sprüche für die Plakate müssen wir uns noch einfallen lassen. Ja, Renate, was meinst du?«

»Wir können uns auch auf das Pflaster legen, so als ob wir tot wären, nach einem Atomunfall. Haben die im Westen nach Tschernobyl gemacht. Hab ich im Westfernsehen gesehen.«

Sabine hört gespannt zu. »Eine Demonstration, unglaublich. So was ist verboten und damit gefährlich. Wieso reden alle so, als ob es das Normalste auf der Welt sei?« Sabine guckt in die Runde. »Ernst sehen sie alle aus, aber keiner wirkt ängstlich. Bin ich die Einzige, die sich lieber drücken würde? Mist, so kurz vor dem Abi. Täglich kommt aber auch was Neues dazu. Wäre ich doch nur zu Hause geblieben. Wer ist eigentlich der Neue da drüben? Dass der gerade heute dabei sein muss, das ist doch kein Zufall.«

»Hat sich der Neue schon vorgestellt?«, zischt Sabine Karin zu, die sich gerade genüsslich ein Stück Schokolade in den Mund schiebt.

»Das ist Thomas. Sieht er nicht süß aus?«

»Na ja, es geht. So eine kaputte Jacke. Die Haare sind ja wie ein Stoppelfeld und dann noch eine Nickelbrille, ganz wie der junge Brecht in unserem Schulbuch.«

»Sabine, du bist eine Spießerin. Du passt wunderbar zu unserem Staat. Mir gefällt er schon.« Karin grinst in seine Richtung. Thomas hat wohl gemerkt, dass über ihn gesprochen wird. Er zwinkert den beiden zu. Sabine guckt wütend weg. Sie mag keine Neuen in der Gruppe. Wer weiß, wer sie geschickt hat. Das Gefühl der Vertrautheit, das sie sonst in der Gruppe hat, schwindet.

»Sabine, nun mach mal halblang. Bernd hat Thomas mitgebracht. Da ist er wohl in Ordnung.«

»Wir sollten uns darüber im Klaren sein, dass eine solche Demonstration für uns nicht ungefährlich ist. Wir müssen damit rechnen, dass unsere Personalien aufgenommen werden und wir damit registriert sind. Naiv dürfen wir an die Sache nicht herangehen.«

Sabine ärgert sich, muss gerade der Neue diese Bedenken anmelden? Die anderen geben ihm Recht.

»Richtig, Thomas, deshalb muss alles gut vorbereitet sein. Keiner außerhalb unserer Gruppe darf etwas über unsere Aktion erfahren.«

Sabine weiß, dass die Luft in Leipzig verpestet ist. Sie weiß aber auch, dass diese Tatsache offiziell geleugnet wird. In der Schule hatten sie einmal versucht dieses Thema anzuschneiden. Der Lehrer hatte geschickt darauf reagiert, indem er sie aufforderte zu sagen, woher sie ihre Informationen hätten. Damit war das Thema beendet. Sogar Frau Müller hatte letzte Woche das Klassenfenster mit der Bemerkung »Es stinkt« geschlossen.

»Wann soll es losgehen?« Sabine versucht die Frage möglichst beiläufig klingen zu lassen.

»Na ja«, Bernd guckt unschlüssig in die Runde, »darüber haben wir noch nicht gesprochen. Ich denke, wir brauchen noch gezieltere Informationen über die Verursacher der Luftverschmutzung. Ich werde mich mal an die Berliner wenden, die haben schon Erfahrungen mit Demonstrationen.«

Sabine kommt es vor, als ob die ganze Gruppe aufatmet. Die Zeitverzögerung scheint allen recht zu sein. Viele stehen kurz vor dem Abitur. So eine Demonstration könnte den Ausschluss von der Schule bedeuten. Auf jeden Fall wird es Befragungen geben. Die Eltern werden benachrichtigt. Die Teilnahme an der Demonstration wird in der

Kaderakte* vermerkt und begleitet einen somit ein Leben lang.

Nach der Gruppenversammlung sitzt Sabine noch mit ihren Freunden zusammen. Erleichterung darüber, dass die Aktion nicht gleich losgeht, ist allen anzumerken.

»Wer hat Lust zu mir nach Hause zu kommen?«, ruft Renate. »Ich koche Spaghetti.«

»Los, lass uns mitgehen.« Sabine zupft ihre Freundin am Ärmel.

»Nur, wenn es Tomatensoße dazu gibt«, antwortet Karin lachend.

So ist es immer. Untereinander besuchen sich die Freundinnen ständig. Irgendeine kommt immer vorbei, man isst zusammen, hört Musik, geht gemeinsam ins Kino oder zu anderen Freunden. Renate hatte mal Westbesuch von ihrer Cousine Tanja, erinnert sich Sabine, die fand das irgendwie komisch.

»Bei euch ist ja ständig Besuch, wie bei unseren türkischen Nachbarn«, meinte sie.

»Wie bei wem?« Keiner konnte mit dem Vergleich etwas anfangen.

»Wenn ich meine Freundin besuche«, erklärte Tanja, »rufe ich sie erst mal vorher an und frage, ob es ihr überhaupt passt. Dann machen wir einen Termin aus. Sie hat Klavier- und Ballettstunden, ich gehe

---

* Diese Personalakte begleitete jeden DDR-Bürger von der Grundschule an. Einsicht erhielt man nicht. Die Akte verblieb bei der Kaderleitung (in jedem Betrieb, in jeder Einrichtung, in der Menschen arbeiten, gab es Kaderabteilungen, vergleichbar den hiesigen Personalabteilungen) und wurde intern weitergereicht; von der Schule an den Ausbildungsplatz, die Universität oder Lehrstelle, später an die Arbeitsstelle.

in die Jazzgymnastik und muss zum Computerkurs. Nachhilfeunterricht gebe ich auch noch, da bleibt nicht viel Zeit übrig. Wenn ich unangemeldet bei meiner Freundin vorbeiginge und sie wäre nicht da, würde ich mich doch tierisch ärgern.«

Sabine weiß noch, wie sich alle etwas ratlos angeguckt hatten. Das Herrlichste war doch mit seinen Freundinnen zusammen zu sein. Einfach so. Trotzdem mussten sie Tanja Recht geben. Da kaum einer von ihnen Telefon hat, können sie auch keine telefonischen Verabredungen treffen. Sabine erinnert sich noch ganz genau, wie sie sich zu Hause gefreut hatten, als sie im letzten Jahr endlich ein Telefon bekamen. Sechs Jahre hatten sie gewartet.

Auch Kurse besucht kaum eine von den Freundinnen. Im Gegenteil, bei den vielen Verpflichtungen in der Schule und häufig auch in den Ferien waren sie froh, wenn sie völlig unorganisiert und ungeplant mit Freunden zusammen sein konnten. Merkwürdig, diese Bundis, ob man da wohl leben könnte?

Jedenfalls war es mit Tanja richtig schwierig gewesen, sich zu unterhalten. Irgendwie hatte sie im Leben keinerlei Probleme. Sie fand immer alles o.k., nur die DDR fand sie stinklangweilig. Die Autos mickrig, die Kaufhäuser ärmlich, die Cafés geschmacklos. Bei der Samstagsdisko im Jugendclub hatte sie nur über die altmodische Kleidung der Jugendlichen gelästert. Renate hatte gestöhnt, weil sie nicht mehr wusste, was sie Tanja bieten sollte. Zum Glück bekamen sie in Leipzig Westfernsehen, doch auch da hatte Tanja nur gelästert, über die wenigen Programme, die sie empfangen konnten. Merkwürdigerweise war das Einzige, wovon sie regelrecht geschwärmt hatte, ein Ausflug zu Renates Großeltern in die Altmark. Sie war begeistert gewesen von den baumbewachsenen, holprigen Alleen, den kleinen Weihern der Oma. Ja, sie fand einfach alles »super«. Die Clique wusste nicht, was sie davon halten sollte, und war erleichtert, als sie endlich nach Hamburg abgedampft war.

»Doch warum waren wir eigentlich alle froh, als Tanja endlich wegfuhr?« Sabine dachte oft darüber nach. Die Freundinnen hatten sich alle so klein und dumm neben ihr gefühlt. Wo Tanja schon überall gewesen war: in Spanien, auf verschiedenen griechischen Inseln und – unvorstellbar, aber auch unerreichbar für Sabine – im Herbst machte sie eine Klassenreise nach Paris.

Sie hatte sich nicht getraut Tanja nach Postkarten aus Griechenland zu fragen. Die Freundinnen hätten doch nur gelästert, ob sie schon vom Westbazillus befallen sei. Gegenüber Bundis hielt man ja zur DDR. Es war schon komisch, wie sie alle gegenüber Tanja die DDR verteidigt hatten, und zwar völlig unabgesprochen. Wie sie sich ereifert hatten: Das Schulsystem war gerecht, die Mieten billig, das Brot fast umsonst. Es gab keine Arbeitslosen, keine Drogen, keine Kriminalität.

Ihre Clique, die sonst so superkritisch war, sie war nicht wieder zu erkennen. Frau Müller hätte ihre Freude gehabt. Kein Wunder, dass Tanja den Westen verteidigte.

Keine Auseinandersetzungen gab es bei der Musik, da kannten sie sich alle gleich gut aus. Doch, einen Unterschied gab es. Im Gegensatz zu ihnen hatte Tanja schon viele Gruppen live gesehen. In die DDR durften ja kaum fetzige Westgruppen. Nur so Schmusemusik für die Älteren gab es aus dem Westen. Doch die DDR-Bands waren auch große Klasse, die durften natürlich in den Westen.

Sabine war einmal in Berlin an der Mauer gewesen. Sie wollte eine Gruppe hören, die dort auf der Westseite spielte. Man konnte die Musik im Ostteil gut hören. Aber es sollte nicht so weit kommen. Die Polizei ließ erst gar nicht zu, dass die vielen Jugendlichen sich der Mauer näherten. Weiträumig wurde das Gelände abgesperrt. »Richtig weggejagt wurden wir, ohne Begründung. Könnt ihr euch das vorstellen?«, hatte sie damals entsetzt ihre Eltern gefragt.

7

Gemütlich streckt sich Sabine unter ihrer Decke aus. Wunderbar, es ist schon elf Uhr. Stabü hat schon angefangen und sie liegt faul im Bett. Einfach so, ohne Grund. Offiziell ist sie natürlich krank. Grippe. Bei dem schönen Frühlingswetter zwar ungewöhnlich, aber Sabine war einfach dran mit dem Kranksein. Renate, Karin und Sabine hatten vor einem Jahr beschlossen einmal im Monat zu schwänzen. Natürlich jeder abwechselnd. Heute war sie an der Reihe.

Ihre Mutter machte morgens auch ein ganz bekümmertes Gesicht, als Sabine ihr sagte, dass sie krank ist.

Sabine klettert aus dem Bett.

»Mal sehen, was die Küche bietet. Was ist denn hier los? Der Frühstückstisch ist ja komplett gedeckt. Kaffee ist warm gestellt, sogar zwei Brötchen sind dabei.« Gerührt setzt sich Sabine an den Kaffeetisch, an die Tasse ist ein Kärtchen gelehnt. »Lass es dir schmecken, genieße den Tag. Mutti und Vati.«

»Mensch, habe ich süße Eltern, einfach zum Knuddeln.« Mit großem Appetit beißt sie in ein Honigbrötchen. Nach dem Frühstück badet sie lange, wäscht sich die Haare und versucht dann ihre kastanienbraunen Haare mit Gel – ausgeliehen von Karin – zu stylen, lackiert sich die Nägel knallrot.

»So, jetzt noch den Fernseher an. Mal sehen, was das Frühprogramm bietet. Verdient habe ich mir diesen freien Tag wirklich, nach dem Horror.« Gestern war es also so weit, die Eltern waren bei Frau Müller. Die Sprüche, die sie geklopft hat, kannte Sabine auswendig. Jetzt, wo der Sohn illegal die DDR verlassen habe, wäre es doch deutlich geworden, dass es im Elternhaus an der richtigen politischen Einstellung mangele. Im Elternaktiv* würden sie auch nicht mehr erscheinen. Sie sollten wenigstens auf ihre Tochter aufpassen, damit sie nicht den gleichen Weg einschlage wie der Sohn.

Es klingelt. Sabine stellt sich taub. Es klingelt wieder, diesmal heftiger. Vorsichtig späht sie auf die Straße. Der Paketwagen. Sie flitzt zur Tür, rast zur Haustür und erwischt den Paketboten im letzten Augenblick.

»Wurde aber auch Zeit. Na, keine Schule und so in Schale? Hier, ist für euch, ein Westpaket. So ganz außer der Reihe?«

Den Postboten kennt Sabine schon lange, eigentlich ist er sehr nett, aber sein Sohn geht dummerweise in ihre Klasse. Sie murmelt: »Ich wollte gerade zum Arzt gehen« und rast mit dem Paket davon. Sie hat so eine Ahnung, von wem es sein könnte. Richtig, es ist Marios Schrift. Ihr Herz klopft laut. Vor Aufregung muss sie sich hinsetzen.

»Aufmachen müssen wir das Paket gemeinsam. Aber ich könnte doch mal schnell Mutti anrufen. Verdammt, wie war noch ihre Büronummer?«

Beim Wählen zittern Sabines Finger.

»Hallo, ja. Ich möchte Frau Dehnert sprechen. Was? Wieso ist sie nicht da? Ja, ich bin die Tochter. Sie soll sofort zu Hause anrufen. Was, sie kommt nicht mehr ins Büro zurück? Danke, auf Wiedersehen.«

* Elternaktiv: gewählte Elternvertretung einer Schulklasse.

Was soll denn das bedeuten, macht ihre Mutter auch blau? Ihren Vater mag sie nicht anrufen. Er hasst Privatgespräche am Arbeitsplatz.

»Vor sieben Uhr sind die Eltern sicher nicht zurück. Was soll ich bloß solange machen?« Sabine schaltet den Fernseher aus und das Radio an. Sie stellt die Musik auf volle Lautstärke und wartet darauf, dass Frau Reuter klopft, was diese auch prompt tut. Sie ist die Einzige im Haus, die nicht arbeitet, angeblich hat sie es nicht nötig.

Irgendwie vergeht die Zeit. Sabine hat aufgeräumt, geputzt und das Abendessen vorbereitet. Gegen sieben Uhr schaltet sie das Westfernsehen ein.

Als sie noch klein war, haben ihre Eltern ihr nie erzählt, dass sie Westfernsehen gucken. Das taten zwar alle, aber keiner gab es gerne zu. Sie erinnert sich, als sie bei einer Freundin das Sandmännchen im Fernsehen gesehen hat und nicht glauben wollte, dass es das Westsandmännchen war. »Wir gucken nie Westfernsehen, das ist mein Ostsandmännchen«, hatte sie stur behauptet.

»Wie peinlich das war. In dieser Beziehung waren meine Eltern schon immer absolut überängstlich. Diese Blamage hätten sie mir ersparen können.«

Es klingelt dreimal. »Endlich kommt Mutti.« Sabine reißt stürmisch die Tür auf. Die Eltern stehen vor ihr.

»Wieso kommt ihr zusammen nach Hause? Ihr habt doch nicht den gleichen Weg.«

»Manchmal schon.« Frau Dehnert lacht und umarmt ihre Tochter. »Na, geht es dir besser? Du siehst ja schick aus.«

Herr Dehnert wird mal wieder vergessen. Bei seiner stillen, leisen Art hat Sabine oft das Gefühl, als ob ihr Vater gar nicht anwesend sei.

»Wir können sofort essen.« Sie drängt ihre Eltern ins Wohnzimmer.

»Eigentlich habe ich gar keinen Hunger. Der Tag war viel zu aufregend«, hört Sabine ihre Mutter sagen.

»Kommt doch endlich«, ruft sie ungeduldig.

Als die Eltern im Wohnzimmer sind, entdeckt Herr Dehnert sofort das Paket. »Mario«, sagt er nur.

Unendlich still ist es im Zimmer, doch Sabine dauert die feierliche Stille etwas zu lange.

»Wir feiern doch nicht Weihnachten. Kommt, lasst uns das Paket aufmachen.«

Sie löst die Schnur.

»Lies doch mal die Adresse vor«, bittet Frau Dehnert. »Mario Dehnert, Akazienweg 10, Hamburg«

»Also in Hamburg lebt er. Ist denn kein Brief dabei?«

Schweigend überreicht ihn Sabine ihrer Mutter.

»Lass den Brief Vati lesen. Ich glaube, er ist der Ruhigste von uns allen. Ich muss mich erst mal setzen.«

Herr Dehnert öffnet umständlich den Brief, räuspert sich und mit der Bemerkung »Ich habe wohl einen Frosch im Hals«, fängt er an zu lesen:

Meine lieben Eltern, liebes Schwesterchen,
erst einmal das Wichtigste: Es geht mir gut.
Sicher habe ich euch in den letzten Wochen viele
Sorgen bereitet. Das tut mir unendlich Leid. Aber
ich hatte Angst, wenn ich euch anrufe und eure
Stimme höre, dass ich meinen Entschluss in Hamburg zu bleiben rückgängig mache. Ja, es steht für
mich fest, ich werde für immer im Westen bleiben.

Ich sehe keinerlei Chance bei uns in der DDR, mein Leben so zu gestalten, wie ich es will.
Ihr wisst ja, welche Schwierigkeiten ich in der Schule hatte und dass ich nicht auf die EOS* kam, weil ich politisch als nicht zuverlässig eingestuft wurde. Der Grund war, dass ich verlauten ließ, dass ich nicht zur Nationalen Volksarmee wollte. Schließlich bin ich ja doch dort gelandet. Eigentlich hat mir nach der Schule nichts mehr Spaß gemacht. Die Ausbildung nicht, von der Armee ganz zu schweigen. Das Eingesperrtsein hat mich immer mehr deprimiert. Die zwei Wochen Ungarn im Jahr als Entschädigung machten es nur noch schlimmer. Ich wollte raus aus der miefigen DDR, das heißt ja nicht gleich auf in den goldenen Westen. Doch eine andere Möglichkeit gibt es nicht. Wohin soll ich sonst gehen? Ich hatte es einfach satt, dass mein Leben von der Geburt bis zur Bahre geregelt ist. Wie gerne hätte ich einfach mal ein Jahr nicht gearbeitet. Gelegenheitsarbeiten angenommen, wäre gereist, hätte Gitarre gespielt. Doch in unserer Republik nicht arbeiten zu wollen ist ja ein Staatsverbrechen.
Hier im Westen ist das alles anders. Das heißt ja nicht, dass alles besser ist. – Wie ihr euch denken könnt, war die Flucht mit Tante Gerda abgesprochen.

Hier unterbricht Frau Dehnert erschrocken ihren Mann.
»Sabine, ist das Paket ungeöffnet angekommen?«
»Mutti, beruhige dich doch, es ist ja gut gegangen.«
Herr Dehnert liest weiter:

* Erweiterte Oberschule, 11. und 12. Klasse.

Begeistert war Tante Gerda von meinem Plan nicht.
Ich habe ihr von Leipzig aus über einen Kollegen einen Brief übermittelt. Ich habe einfach behauptet,
dass ich in Hamburg schon eine Arbeit in Aussicht
habe und dass ihr mit allem einverstanden seid. Nur
am Telefon sollte sie nicht darüber reden. So hat es
dann ja auch geklappt. Ich habe mir in Hamburg
gleich mein Begrüßungsgeld abgeholt und mich
dann sofort nach Arbeit umgesehen. Relativ bald
habe ich einen Aushilfsjob an einer Tankstelle bekommen. Ich will nicht meckern, aber die Arbeit ist
hart. Wir machen Schichtdienst rund um die Uhr.
Mit mir zusammen arbeiten nur Ausländer. Zwei
Türken, witzige Typen. Wir diskutieren oft über die
Mauer. Sie können überhaupt nicht verstehen, wieso
wir Deutschen nicht gegen die Mauer rebelliert haben. Sie behaupten, in der Türkei wäre so etwas
nicht vorstellbar. Eine Mauer quer durch das ganze
Land. Auch der französische Student, der mit mir die
gleiche Schicht hat, versteht die Deutschen nicht.
»Wo ist euer Herz?«, sagt er immer und fasst sich
theatralisch an sein eigenes.
Mich finden alle exotisch. Mein Sächsisch ist ein
einziger Heiterkeitserfolg. Wenn ich nur den Mund
aufmache, bekomme ich schon Trinkgeld. Vielleicht
sollte ich zum Zirkus gehen.
Überhaupt, Vorstellungen haben die hier von der
DDR. Mein Chef meint, die DDR sei ein einziges
Gefängnis. Dagegen sagt sein Sohn, ein Staat, in
dem es so erstklassige Sportler und keine Arbeitslosen gebe, könnte so schlecht nicht sein. Was hätte
man schließlich von der Reisefreiheit, wenn man
kein Geld habe. In einem Atemzug erzählt er mir
dann, dass er nächste Woche für zwei Monate in
die USA fliegt. Es wäre gar nicht mal so teuer. Ich

habe mich wortlos umgedreht und den nächsten Kunden bedient. Letzte Woche hat mich mein türkischer Kumpel Mehmet ganz spontan mit nach Hause genommen. Zuerst hatte ich das Gefühl, er wollte mich mit seiner hübschen Tochter verkoppeln, dann wurde es aber ein sehr netter Abend. Mehmets Frau konnte überhaupt nicht verstehen, wieso ich euch verlassen habe. Wo wir doch drüben Arbeit haben. »Mario«, hat sie zu mir gesagt, »wir sind nur wegen Brot und Arbeit nach Deutschland gekommen. In der Türkei viel Hunger. Familie muss immer zusammenbleiben.«

Sie hat mir richtig zugesetzt. Zum Schluss hat sie mir ein Päckchen Tee aus der Türkei für euch mitgegeben. Am nächsten Morgen hat mich Mehmet gleich gefragt, ob ich schon meinen Eltern geschrieben habe. Da zeigte ich ihm die erste Seite meines Briefes an euch. Mehmet nahm den Brief strahlend in die Hand, hielt ihn verkehrt herum, zwinkerte mir zu und sagte: »Ich kann nicht lesen.«

Da mussten wir beide so lachen, dass unser Chef kam und wissen wollte, ob wir etwas getrunken haben. Mehmet drehte sich ganz langsam zu ihm herum: »Die Deutschen kein Spaß, nur Arbeit.« – »In der Türkei nur Spaß, keine Arbeit«, konterte mein Chef. Diese Sprüche muss man sich mindestens zweimal am Tag anhören.

Doch nun die tollste Nachricht, seit zwei Tagen habe ich eine Wohnung. Ein Zimmer, Küche und Bad. Sie ist winzig und hat nur Ofenheizung, aber ich kann sie mir wenigstens leisten. Ich habe absolutes Glück gehabt. Die Wohnung gehörte einem Stammkunden von der Tankstelle. Er zieht nach Frankfurt. Da er auch von »drüben« kommt, hat er mir die Wohnung gleich angeboten. »Man muss euch ja unter die Arme greifen«, meinte er. Telefon bekomme ich nächste Woche, dann rufe ich euch sofort an.

Ich denke oft an euch. Ob es nun der richtige Entschluss war wegzugehen, das muss die Zukunft zeigen. Ich weiß nur, dass es so, wie es war, nicht weitergehen konnte.

Ich bin in Gedanken bei euch. Ich habe großes Heimweh.

Euer Mario

Herr Dehnert lässt den Brief sinken. Es ist vollkommen still. Jeder sitzt gedankenverloren in seiner Ecke. Mittlerweile ist es dunkel im Wohnzimmer geworden. Von draußen hört man leises Autogehupe. Die Straßenbahn rattert vorbei. Es sind die gewohnten abendlichen Geräusche. Dazu gehören auch die Stimmen aus dem Fernseher der Nachbarn von nebenan.

»Tagesschau«, denkt Sabine, »es ist acht Uhr.«

Fast beneidet sie die Nachbarn, die wie jeden Abend pünktlich die Nachrichten sehen.

»Was sagt ihr denn zu Marios Brief?« Sabine versucht das lähmende Schweigen zu durchbrechen. Energisch knipst sie die Stehlampe an.

»Ich glaube, unser Mario ist erwachsen geworden«. Herr Dehnert sagt es so leise, dass Sabine das Gefühl hat, er spricht zu sich selbst. Dieser Satz scheint die Lebensgeister von Frau Dehnert geweckt zu haben.

»Erwachsen? Schlecht geht es ihm. Aus der ersten bis zur letzten Zeile seines Briefes spüre ich es. Ich muss ihn besuchen.« Energisch richtet sie sich im Sessel auf.

»Wie denn?« Sabine findet, dass ihre Mutter mal wieder übertreibt.

»Ach so, das weißt du ja noch nicht. Ab Ersten bin ich Frührentnerin, also kann ich in den Westen reisen.«

»Ach so, deswegen warst du heute Nachmittag nicht zu erreichen.«

»Ja, ich habe mir freigenommen, als ich davon erfuhr. Ich habe Vati abgeholt und wir sind spazieren gegangen. Ich musste erst mal begreifen, dass ich nun im Ruhestand bin.«

»Aber du wolltest doch die Rente.«

»Ja, natürlich, aber erst mal wird es ziemlich merkwürdig sein, so ohne Arbeit. Aber ich muss mich ja jetzt um Mario kümmern.«

»Was soll das heißen?«, fragt Sabine und sieht ihren Vater an.

Der beginnt zögernd das Paket auszupacken. Plötzlich hält er inne: »Christa, bedeutet das, dass du uns auch verlassen willst?«

»Was heißt verlassen? Ich will doch nur nach Mario sehen. Versteh doch, dass ich erst beruhigt bin, wenn ich weiß, wie er lebt. Was er für eine Wohnung hat, ob es ihm gut geht.«

»Aber du kommst wieder?«

»Das möcht ich doch schwer hoffen!«, sagt Sabine.

»Schaut mal, was Mario uns alles geschickt hat!«, sagt Frau Dehnert.

8

Die nächsten Wochen vergehen wie im Fluge. Sabines Denken dreht sich nur noch um das bevorstehende Abitur.

Frau Müller lässt die Klasse weitgehend in Ruhe. Allerdings gibt es eine kleine Auseinandersetzung um Sabines Westkalender.

Völlig in Gedanken hat sie einen alten Kalender aus der Bundesrepublik, den sie als Notizbuch benutzt, auf ihre Schulbank gelegt. Zufällig steht Frau Müller neben ihr und sieht die auf dem Kalender in knallgelb prangende Reklame einer westdeutschen Bank. Sabine ahnt das Unglück und will den Kalender unauffällig verschwinden lassen. Doch die Lehrerin ist schneller. Mit dem Satz »Ranzenkontrolle* wäre in eurem Alter noch angebracht« nimmt sie den Kalender mit nach vorne.

»Wie kann man nur so blöd sein«, flüstert Karin Sabine zu. Die anderen scheinen ähnlich zu denken, Renate verdreht die Augen und schüttelt den Kopf. Sabine ist puterrot geworden.

Mit der Bemerkung »Hat dein Bruder dir schon Werbematerial geschickt«, steckt Frau Müller den Kalender in ihre Aktentasche.

Trotz dieses unangenehmen Zwischenfalls verläuft Sabines Abiturprüfung reibungslos. Wie die anderen

---

* Gegen Schmutz- und Schundliteratur. Sie fand in großen Abständen vor allem bei jüngeren Schülern statt. Der Ranzen musste dabei völlig entleert werden. Westliche Publikationen wurden einbehalten.

Klassenkameraden auch erhält sie eine gute Abschlussnote.

»Gute Abiturnoten verbessern die Statistik«, kritisiert Herr Dehnert, »nicht, dass ich es dir nicht gönne, Sabine. Aber es ist doch immer dasselbe, schlechte Abiturienten gibt es bei uns nicht.«

Sabine ist das egal. Hauptsache, die Schulzeit ist endgültig vorbei.

Ausgelassen feiert sie mit den Klassenkameraden. Erst einmal den Sommer genießen. Im Herbst würde sie dann mit dem ungeliebten Pädagogikstudium beginnen. Schon in der achten Klasse war diese Entscheidung gefallen. Lehrer wurden gebraucht, da musste man sich fügen. Doch zunächst hatte sich Sabine nicht gefügt. Verzweifelt hatte sie um einen anderen Studienplatz gekämpft. Psychologie wollte sie studieren oder Sprachen, ganz ausgefallene, zum Beispiel Japanisch.

Ihre Eltern hatten sie bei ihrem Wunsch unterstützt, aber sie waren in der Schule nur auf taube Ohren gestoßen. Pädagogik und sonst nichts. Aus Wut, aber auch aus Verzweiflung wurde Sabine krank. Sie aß nichts mehr, nahm rapide ab, hatte Schlafstörungen und war nur noch traurig. Die spannendsten Romane ihres Vaters lenkten sie nicht ab, der Kuchen ihrer Mutter blieb unberührt stehen, auch die Westschokolade, von Mario organisiert, half nichts. Erst nach Wochen war sie bereit wieder in die Schule zu gehen, wenn auch lustlos. Getröstet hatte sie nur, dass viele in ihrer Klasse auch nicht studieren durften, was sie wollten.

Doch daran denkt Sabine heute nicht. Sie hat ihre erste Verabredung mit Thomas im Eiscafé Pinguin.

»Was ziehe ich bloß an? Eigentlich brauche ich gar

nicht zu überlegen: Jeans, T-Shirt, Turnschuhe. Die Einheitskleidung unserer Clique.«

Das bemerkt auch grinsend Thomas, als sie – absichtlich – zehn Minuten zu spät ins Eiscafé kommt. Mit der Bemerkung: »Es fehlt nur noch die Plastiktüte«, gibt er ihr die Hand.

»So originell bist du auch nicht angezogen, ganz in Schwarz, bei der Hitze«, gibt Sabine zurück.

Tatsächlich ist Thomas von Kopf bis Fuß schwarz gekleidet. Um den Hals trägt er ein Lederband mit dickem Holzkreuz. Sein strahlendes Gesicht steht allerdings völlig im Kontrast zur Düsterheit seiner Kleidung.

»Ich trage eben die Klamotten, die mir gefallen. Und mit dem Kreuz kann ich viele ärgern. Bist du jetzt zufrieden? Komm, jetzt feiern wir dein Abi. Ich bestelle uns etwas Tolles, ›Blaue Stunde‹, das ist ein Cocktail.«

Sabine hätte zu gern ein Eis gegessen, aber so ein Cocktail am frühen Nachmittag wirkte sicher unheimlich erwachsen. Wunderbar prickelnd und süß schmeckt die »Blaue Stunde«. Sabine findet, dass Thomas Stil hat. Als er von ihr wissen will, was sie in den Sommerferien macht, zuckt sie lässig mit den Schultern und sagt: »Rügen, Bulgarien, Ungarn, mal sehen, wozu ich dieses Jahr Lust habe.«

Thomas grinst. »Vielleicht auch Italien oder Paris.«

»Nee, lieber New York, wegen der Wolkenkratzer.«

»Ach so. Bei der Auswahl, die wir haben, kann ich mich auch nie entscheiden. Deshalb fahre ich immer an den Müritz-See.«

Sie lachen beide.

»Willst du mitkommen?«

»Ihr habt wohl eine Datsche?«

»Meine Großeltern.«

»Sind die nett?«

»Die tollsten Großeltern der Welt.« Thomas wirkt auf einmal sehr ernst.

»Und deine Eltern?«, fragt Sabine.

»Meine Mutter ist in Ordnung. Ein bisschen hektisch, aber wir kommen ganz gut miteinander aus.«

»Und dein Vater?«, fragt Sabine nach.

»Ich habe noch eine süße zehnjährige Schwester, Julchen. Sie ist die einzig Überzeugte in unserer Familie. Mit Begeisterung sammelt sie alte Zeitungen, Flaschen und Gläser*. Außerdem ist sie der Schwimmstar bei den Jungen Pionieren**. Sie sollte gefördert werden. Aber meine Mutter, sie ist Ärztin, hat es verboten. Es wäre zu ungesund. Jetzt ist Julchen natürlich sauer.«

Sabine hört nicht richtig zu, außerdem ist ihr etwas schwindelig von den Cocktails.

»Warum beantwortet dieser unfreundliche Kerl nicht meine Frage nach seinem Vater?«, ärgert sie sich.

»Und dein Vater?« Sie lässt nicht locker.

Thomas verstummt, sie schweigen beide.

Sabine hat verstanden, kein Wort über den Vater. Thomas steht auf.

---

* Aufgrund der angespannten Rohstofflage in der DDR funktionierte durch das Sammeln das Recycling schon lange und besser als in den meisten westlichen Industriestaaten. Den Erlös solcher Aktionen spendeten die Kinder oft auf Solidaritätskonten, in der Hoffnung, damit Kindern in der Dritten Welt helfen zu können.

** Junge Pioniere: Kinderorganisation der Freien Deutschen Jugend (FDJ).

»Lass uns spazieren gehen, ja? In den Clara-Zet-kin-Park.«

»Ich glaube, du musst mir beim Aufstehen helfen. Mir ist so schwindlig. Ich hätte den zweiten Cocktail nicht mehr trinken dürfen.« Leicht schwankend kommt Sabine wieder auf die Beine und hält sich an Thomas fest.

»Sag mal, hast du noch nie Alkohol getrunken?«

»Doch, ein Glas ›Rotkäppchen‹* zu Silvester«, kommt es kläglich zurück.

»Hast du Hunger, willst du eine Bockwurst?«

»Lieber trockenes Brot. Ist mir schlecht.«

»Pass mal auf. Meine Großeltern wohnen hier in der Nähe. Ich bringe dich dorthin. Da können wir uns Brote machen und du kannst dich hinlegen.«

Sabine nimmt den Vorschlag dankbar an.

* DDR-Sektmarke.

9

»Wo bin ich nur? Wieso liege ich hier auf der Couch?«

Sabine versucht die Geräusche um sie herum zu erkennen. Geschirr klappert, Klaviermusik klingt sanft an ihr Ohr. Es riecht wunderbar nach Bratkartoffeln mit Zwiebeln. Ach, du heiliger Schreck, ich bin bei den Großeltern von Thomas.

Die Tür wird vorsichtig aufgemacht.

»Geht's dir besser?«, fragt eine leise Stimme.

»Ja.«

»Ich bin Juliane.«

»Ach, Julchen.«

»Juliane habe ich gesagt.«

Die Tür wird zugeknallt. Sabine ist wieder allein.

»Alles Dickköpfe in dieser Familie«, denkt Sabine.

Sie hört die kleine Schwester erbost rufen: »Thomas, wieso sagt deine Freundin Julchen zu mir? Habe ich dir nicht schon tausendmal ...« Das Ende des Satzes geht in Gelächter unter.

»Nicht kitzeln, huch.«

Die Tür wird unsanft aufgestoßen. Julchen und Thomas stehen im Türrahmen. »Aufstehen, wir essen gleich.« Thomas lacht sie an.

Als Sabine ins Wohnzimmer kommt, ist keiner da.

»Wir sind in der Küche«, ruft eine fremde Stimme.

Verlegen tritt sie ein.

Ein rundlicher, kleiner alter Herr mit ebenso strahlenden Augen wie Thomas reicht ihr die Hand.

»Ich bin Herr Reuter, der Großvater, komm, setz dich zu uns.«

Eine zarte ältere Dame kommt herein, die

Großmutter. Sie ist sehr elegant gekleidet und hat wunderschöne weiße Haare.

»Willkommen bei uns, Sabine. Herzlichen Glückwunsch zum bestandenen Abitur. Wäre unser Thomas doch schon so weit.«

»Schade, dass ich keine Großeltern mehr habe. Es ist richtig gemütlich hier.«

Julchen sagt dann völlig überflüssigerweise: »Und ich bin Juliane.«

Alle lachen. Julchen tippt sich mit dem Finger an die Stirn und verdreht die Augen. Ihr kleiner blonder Pferdeschwanz fliegt zur Seite. Das Pioniertuch hat sie straff unter dem Hals geknotet.

Das Essen verläuft ziemlich chaotisch. Alle reden durcheinander, aber Sabine hat das Gefühl, dass sie einander trotzdem zuhören.

Thomas liest die Urlaubskarte seiner Mutter aus Bulgarien vor. Alle lachen über ihre Bemerkung: »In der Badehose sind wir alle gleich, Ost wie West.«

»Gibt es keinen Nachtisch?« Julchens Stimme ist nicht zu überhören.

Der Großvater lächelt verschmitzt.

»Ich habe euch etwas aus Frankfurt mitgebracht«, und zu Sabine gewandt: »Frankfurt am Main. Ich bin heute erst zurückgekommen. Ich bin ja schon lange Rentner«, fügt er fast entschuldigend hinzu.

»Pralinen«, juchzt Julchen.

»Ist nichts für dich, ist vom Klassenfeind.« Thomas zupft seine Schwester liebevoll an ihrem Pioniertuch.

»Ekelpaket.« Schnell wie der Blitz schnappt sie sich eine Praline. Noch kauend klärt sie Sabine auf. »Opa ist der tollste Schmuggler. Für einen alten Freund schmuggelt er wertvolle Briefmarken über die Grenze und verkauft sie im Westen.«

»Es waren nur zwei Stück«, wirft der Großvater lachend ein.

»Weißt du, wo er sie versteckt hat? In einer Packung Tempotaschentücher.« Julchen steckt sich noch schnell eine Praline in den Mund.

»Mit dem verdienten Geld kauft Opa nicht nur Schokolade, sondern auch …«, Thomas beugt sich dicht an Sabines Ohr, »… die tollsten Bücher, alle bei uns verboten. Julchen soll es nicht wissen. Sie ist in der Lage und erzählt es weiter. Wir haben schon eine richtige Leihbibliothek. Die Bücher wollen ja viele Freunde lesen.«

Sabine staunt und denkt, dass sich ihre Eltern so etwas nie trauen würden.

»Wie hat es Ihnen denn in Frankfurt gefallen?«

»Weißt du, Sabine, das ist gar nicht einfach zu erklären. Für uns alte Menschen ist es drüben zu hektisch. Der Verkehr ist ja lebensgefährlich, die Geschäfte haben ein Warenangebot, da wird es einem ganz schwindlig. Und dann die Preise. Stell dir vor, ich habe fünf verschiedene für Butter gesehen. Man muss immer vergleichen, das ist sehr anstrengend. Zum Glück kosten Bücher und Zeitungen überall dasselbe, das ist das Wichtigste für mich. Ich war in Frankfurt den ganzen Tag in der Stadtbibliothek und habe gelesen. Weißt du, Sabine, Bücher sind mein Leben.«

»Fast hätte ich es vergessen!« Thomas steht auf und holt ein Päckchen aus dem Schrank. »Hier, mein Geschenk für dich zum bestandenen Abitur.«

Prompt wird Sabine knallrot. »Mist, muss mir das gerade jetzt passieren«, denkt sie.

»Pack doch mal aus«, drängt Julchen.

Ein leuchtend gelber Schal kommt zum Vorschein, in ihn eingewickelt liegt ein kleines Büchlein »Griechenland und seine Inseln«.

»Du liebst doch fremde Länder, vielleicht kommst du mal dorthin.« Thomas ist ein wenig verlegen.

»Danke«, stottert Sabine verwirrt. Plötzlich fängt sie an zu weinen.

»Entschuldigung, Sie müssen ja einen fürchterlichen Eindruck von mir haben.«

Die Großmutter guckt ein wenig erstaunt. Julchen reicht ihr ein Taschentuch.

»Es ist nämlich mein erstes Geschenk zum Abitur. Meine Eltern sind so durcheinander, dass sie keinen Gedanken für mich übrig haben. Schon vor Wochen habe ich für uns alle ein Visum nach Ungarn beantragt, da wollten wir nach meinem Abitur hinfahren. Jetzt wird nichts daraus. Keiner fährt mit mir. Was soll ich alleine in Ungarn?« Sabine schluchzt.

»So eine Heulsuse, erst Cocktails trinken und dann flennen«, wirft Julchen ein.

»Juliane, halt deinen Mund.« Die Großmutter ist erbost. Sie legt ihren Arm um Sabines Schultern.

»Eltern haben auch ihre Sorgen, da müssen Kinder mal zurückstecken.«

»Ach«, Sabine schnäuzt sich die Nase, »es sind ja auch meine Sorgen. Aber bitte nicht weitererzählen.« Sabine denkt an Julchens flottes Mundwerk, doch diese hat sich schon schmollend verzogen.

»Mein Bruder ist doch in den Westen gegangen. Nach Hamburg, für immer. Mutti macht sich solche Sorgen um ihn. Dabei ist Mario schon über zwanzig! Heute ist Mutti hingefahren. Sie ist seit dem Ersten Frührentnerin. Ich, ich habe solche Angst, dass sie …« Sabine stockt mitten im Satz.

»Ich traue es mich gar nicht auszusprechen.«

Sie spürt, wie ihr die Großmutter sanft über den Rücken streichelt.

»Du hast Angst, dass deine Mutter auch in Hamburg bleibt«, Thomas sagt es kaum hörbar und wirkt unendlich traurig. »So wie mein Vater vor fünf Jahren.«

»Ach Kinder, ihr habt es wirklich viel zu schwer. Solche Entscheidungen zu treffen überfordert uns alle maßlos. Wir können nicht akzeptieren, dass sie gehen, obwohl wir doch immer das Beste für unsere Kinder wollen. Sabine, als unser Sohn bei einer Dienstreise im Westen blieb – unser einziges Kind –, da war ich verzweifelt. Doch wir dürfen die Schuld nicht bei denen suchen, die weggehen. Schuld trifft doch vor allem die, die diese Verhältnisse zugelassen haben.« Ihre Stimme bekommt wieder einen sehr festen Klang. »Wir dürfen uns nicht aufgeben. In unserem Land muss sich etwas verändern und zwar bald.«

»Dafür müssen wir aber auch etwas tun.« Thomas' Stimme klingt unsicher.

»Allerdings, mein Junge«, ergänzt der Großvater, »aber vielleicht sollten wir zuerst einmal Sabine nach Hause bringen. Es ist schon dunkel. Ich schlage vor, wir begleiten sie alle zusammen.«

Trotz des warmen Sommerabends sind nur wenige Menschen auf der Straße. Einige Jugendliche hocken auf einer Parkbank und trinken Bier.

»Nichts ist los bei uns, alle sitzen vor der Scheibe und glotzen Westfernsehen, wie jeden Abend«, erregt sich Thomas. »Sabine, hast du Lust morgen im Kulkwitzer See zu baden?«

»Nur, wenn alle mitkommen.« Schon lange hat sie sich nicht mehr so geborgen gefühlt wie an diesem Abend.

10

Sabine und ihr Vater sitzen schweigend am Frühstückstisch. Gerade ist ein Brief von Frau Dehnert
aus Hamburg gekommen.

»Mutti hätte uns doch mal anrufen können! Wo
wir doch so auf eine Nachricht gewartet haben.«
Sabine schmiert sich ihr Frühstücksbrot und versucht ruhig zu bleiben. »Ich verstehe Mutti einfach
nicht. Mario ist wirklich alt genug alleine zurechtzu-
kommen. An uns denkt sie überhaupt nicht!«

»Rede nicht so über deine Mutter!« Herr Dehnert
will aufstehen, doch Sabine hält ihn am Arm fest.

»Ist das dein einziger Kommentar? Sagst du gar
nichts dazu, dass es unsere Familie fast nicht mehr
gibt?« Sabines Stimme überschlägt sich.

Hilflos streicht Herr Dehnert seiner Tochter über
die Haare. »Beruhige dich doch, Kind. Mutti schreibt
doch, dass sie nur so lange bei Mario bleibt, bis er
ihre Hilfe nicht mehr braucht.«

»Glaubst du das wirklich? Wir kennen doch so
viele, die nicht mehr zurückgekommen sind.«

»Aber Sabine, Mutti ist ja nicht illegal weggegangen, sie ist doch Rentnerin. Es lässt ihr eben keine
Ruhe, bis sie sich mit eigenen Augen überzeugt hat,
dass es Mario gut geht. Dafür müssen wir im
Moment Verständnis haben. Pass auf, ich mache dir
jetzt einen Vorschlag. Stell doch einen Reiseantrag zu
Mutti in den Westen. Sicherlich bekommst du die
Genehmigung. Die Bestimmungen sollen sich doch
gelockert haben.«

Die Ruhe, mit der ihr Vater die Situation erträgt,
ist Sabine fast schon unheimlich. Wahrscheinlich ist

er tiefer getroffen, als er zugeben will. Ihr Vater hat ständig Magenschmerzen, auch jetzt nimmt er eine Tablette.

»Ach, Vati. Immer hast du Verständnis für die anderen. Entschuldige wegen eben.« Scheu drückt sie ihm einen Kuss auf die Wange. Zärtlichkeiten sind in ihrer Familie unüblich.

»Weißt du, Sabine, vielleicht kannst du dich ein wenig um den Haushalt kümmern. Ich löse dich dann am Wochenende ab. Sag mir auch, wenn du Geld brauchst.« Herr Dehnert wendet sich zum Gehen, bleibt dann aber noch einmal stehen. »Sabine, mach dir nicht so viele Sorgen. Guck mal, jetzt sind Mutti und Mario doch zusammen in Hamburg. Vielleicht kann Mutti sich ihren Traum erfüllen und fährt mit ihrer Freundin Gisela ans Mittelmeer. Sie wohnt doch in der Nähe von Hamburg. Sicher haben die beiden schon Reisepläne geschmiedet, zumal Gisela ja eine ganz gute Rente drüben hat. Wir beide kommen doch eine Zeit lang auch alleine zurecht, findest du nicht? Wir leben eben nicht in normalen Zeiten. Die Zustände in unserem Land trennen viele Familien. Wir sind ja nicht die Einzigen. Bestimmt ändert sich bei uns auch mal etwas. Jetzt, wo es Gorbatschow gibt. Im Westfernsehen haben sie sogar von Reiseerleichterungen gesprochen.«

Herr Dehnert verlässt die Wohnung. Sabine sieht ihm, hinter der Gardine versteckt, nach. Ihr Vater wirkt noch kleiner und gebeugter als sonst. Eine Nachbarin, die grüßend an ihm vorbeigeht, scheint er nicht zu bemerken.

»Was soll aus uns nur werden«, grübelt Sabine, »vielleicht sollte ich wirklich einen Reiseantrag stellen. Da kann ich Mutti mal die Leviten lesen. Es kann doch nicht jeder in unserer Familie machen, was er will.«

Sabine denkt an Thomas und seine Großeltern. Die Atmosphäre dort hat ihr gefallen, entspannt und fröhlich.

»Meine Eltern wirken immer irgendwie bedrückt, aber auch unzufrieden«, überlegt sie, »wenn ich ehrlich bin, mit Mario konnte ich überhaupt nicht reden. Er hat immer nur vom Westen geschwärmt, sonst hat ihn wenig interessiert. Er wollte nur weg. Umweltgruppe, so etwas war für ihn reine Zeitverschwendung.« Auch die Eltern waren von ihrer Gruppe nicht begeistert, sie hatten Angst, dass sie etwas Illegales macht. »Was hatte Thomas' Großvater an einer Wand in Frankfurt gelesen? ›Wer sich nicht wehrt, lebt verkehrt.‹ Das können wir uns hier dick hinter die Ohren schreiben.« Sabine isst ganz in Gedanken verloren ihr drittes Brötchen auf. »Zu Hause wird gemeckert, was das Zeug hält. In der Schule und bei der Arbeit wird nicht aufgemuckt. Bei den obligaten Jubelfeiern für die Republik werden die Fähnchen geschwenkt, anschließend gehen sie in den Intershop und verplempern ihr Westgeld.« Sabine findet, dass sie den richtigen Durchblick hat.

Als sie zwei Stunden später Thomas beim Baden ihre Thesen vorträgt, sagt er nur: »Du bist ganz schön selbstgerecht. Was heißt sich wehren? Mein Großvater hat sich immer gewehrt, was hat er davon gehabt? Die Leitung im Betrieb haben sie ihm weggenommen, später die Rente auf ein Minimum beschränkt. Kollegen hatten Angst, noch weiter mit ihm Kontakt zu halten. Mit kleinen Aufträgen hat er seine Familie ernährt. Meine Oma ist Malerin, doch ihre Bilder waren zu negativ. Aufträge bekam sie plötzlich keine mehr, ihre Bilder verkauften sich auch nicht mehr. Wer wollte schon Gemälde von einer Malerin in der Wohnung hängen haben, die in Ungnade gefallen war? Da hat sie bis zur Rente im Museum gearbeitet, als Wächterin.«

»Glaubst du, dass die beiden es bereuen?« Sabine blickt Thomas fragend an.

»Nein, absolut nicht. Aber für meinen Vater war die Einstellung seiner Eltern schwer. Er wusste, dass sie auch von ihm eine Entscheidung verlangten. Da ist er lieber bei der ersten Gelegenheit im Westen geblieben. Man kann nicht von allen Menschen so viel Mut fordern«, sagt Thomas nachdenklich. »Komm, Sabine, nimm doch nicht alles so schwer. Für dich fängt doch jetzt ein neues Leben an! Studieren. Wunderbar. Du hast es doch wirklich besser als ich. Ich habe noch ein Jahr bis zum Abitur, dann rein in die Armee. Vielleicht werde ich irgendwo an der Grenze eingesetzt. Weißt du, was das heißt? Aufpassen, dass keiner aus unserer geliebten Republik abhaut. Aber zu den Bausoldaten* zu gehen bringt es auch nicht. Das Beste wäre total zu verweigern, aber dann droht mit Sicherheit der Knast. Meine Familie würde es zwar verstehen, aber zuzumuten ist es ihnen eigentlich nicht.«

»Mir auch nicht«, kommt es knapp von Sabine zurück. Sie springt auf, läuft schnell an den See und schmeißt sich in die Fluten.

---

* Es existierte in der DDR – in zahlenmäßig sehr beschränktem Rahmen – die Möglichkeit, einen waffenlosen Dienst in so genannten Baueinheiten zu leisten und dabei militärische Objekte zu bauen. Allerdings legte man sich mit der Verweigerung des aktiven Militärdienstes große Steine für das weitere Fortkommen, zum Beispiel für ein Studium, in den Weg.

11

Müde, aber nach langer Zeit ein wenig zufriedener und zuversichtlicher, kommt Sabine nach Hause. Es ist Donnerstagabend, ihr Vater ist für ein paar Tage zu einem Freund gefahren. Sabine hat ihm sehr zugeraten, ganz bleich und müde sah er aus. Die beiden wollen wandern. Sie freut sich auch ein wenig die Wohnung mal für sich allein zu haben.

Sofort geht sie in die Küche, ihr Magen knurrt heftig.

Als sie sich gerade Spiegeleier mit Speck gemacht hat, den Tisch deckt und den Fernseher einschalten will, fällt ihr ein, dass sie noch nicht nach der Post gesehen hat. Die Neugier ist stärker als der Hunger. Obwohl das Essen schon auf dem Tisch steht, rennt Sabine noch schnell zum Briefkasten ins Erdgeschoss.

Ein amtlicher Brief aus Berlin ist die einzige Post.

Sicher meine Besuchserlaubnis für Mutti, dann kann es ja losgehen.

Vergnügt nimmt sie gleich zwei Treppenstufen auf einmal. Noch während des Essens macht sie den Brief auf. Sabine glaubt ihren Augen nicht zu trauen. Ihr Antrag ist abgelehnt worden, ohne Angabe von Gründen. Tage später wird sie hintenrum den Grund für die Ablehnung erfahren. Da ihr Bruder die DDR illegal verlassen hat, darf sie ihre Mutter nicht besuchen.

Eine Welt bricht für Sabine zusammen.

»Wann werde ich Mutti wieder sehen, wann Mario? Was soll ich noch hier, in einem Land, das mich nicht für eine Woche zu meiner Mutter lässt?

Wir sind doch keine Verbrecher. Wenn bloß Vati da wäre oder Thomas. Warum hat er auch kein Telefon?« Sabine läuft nervös in der Wohnung auf und ab. Da sie die Stille um sich herum nicht erträgt, schaltet sie den Fernseher an. Die »Tagesschau« hat gerade begonnen. Nur mit halbem Ohr hört sie zu. Plötzlich blickt Sabine ganz konzentriert auf den Bildschirm. Der Nachrichtensprecher kommentiert die gezeigten Bilder: »Mit Duldung der ungarischen Regierung und mithilfe des Roten Kreuzes können 108 DDR-Bürger, die sich in der Botschaft der Bundesrepublik Deutschland in Budapest aufhalten, über Wien in die Bundesrepublik ausreisen. Über die grüne Grenze von Ungarn nach Österreich gelingt immer mehr DDR-Bürgern die Flucht in den Westen. Ihre Zahl ist mittlerweile auf etwa 3000 angestiegen.«

Ein junger Reporter erscheint auf dem Bildschirm. Im Hintergrund ist alles voller Menschen. »Viele DDR-Bürger haben ihren Ungarn-Urlaub dazu benutzt, die DDR zu verlassen. Ihr Gepäck besteht nur aus dem Notwendigsten. Zum Glück sind die Nächte noch warm, sodass nachts keiner frieren muss.

Weiterhin drängen sich in der bundesdeutschen Botschaft in Budapest hunderte von DDR-Bürgern auf kleinstem Raum. Die hygienischen Bedingungen sind katastrophal. Die Menschen wirken traurig und bedrückt. Viele schlafen in ihren Autos rund um das Botschaftsgelände. Alle hoffen eine Ausreiseerlaubnis in die Bundesrepublik zu erhalten. Die ungarische Regierung hat den Flüchtlingen versprochen, dass keiner von ihnen in die DDR zurückgeschickt wird.«

»Die da abhauen, sind ja noch ganz jung«, denkt Sabine, »viele sind in meinem Alter.«

Den ganzen Abend sieht sie sich die vielen Sondersendungen über die ständig wachsende Flüchtlingswelle an.

Auch in der deutschen Botschaft in Prag warten DDR-Bürger auf ihre Ausreise. Nach den Gründen ihrer Flucht befragt, sagen alle das Gleiche: »Wir wollen in die Freiheit. – Wir leben nur einmal. – Wir wollen ungehindert reisen können. – Wir tun es für unsere Kinder. – Überall im Osten wird es besser, nur bei uns wird es schlechter.«

Danach werden Jugendliche interviewt, die in Österreich vom Roten Kreuz versorgt werden. Sabine starrt auf den Bildschirm.

»Die Jugendlichen sehen eigentlich ganz vergnügt aus«, denkt sie, »mit ihren Rucksäcken wirken sie eher wie Touristen, die eine Nachtwanderung hinter sich haben. Gar nicht wie Flüchtlinge.«

Sektflaschen werden herumgereicht. »Wahnsinnig, unfassbar, unbeschreiblich, super«, sind die ständig wiederkehrenden Worte. Tränen fließen, ob aus Trauer, Wut, Freude oder Erleichterung, ist dabei nicht immer auszumachen.

Ein junges Mädchen wird befragt, ob denn ihre Eltern wüssten, dass sie geflüchtet ist.

»Nein, natürlich nicht. Meine Mutter lebt doch in Stuttgart, da will ich jetzt auch hin. Keine Macht der Welt hält mich zurück.«

Sie lacht in die Kamera und mit zwei Fingern der rechten Hand macht sie ein Victory-Zeichen. Sabine scheint es, als ob sie ihr dabei zublinzelt und ihr sagen will: »Komm doch mit. Wer weiß, wann wir noch einmal so eine Chance haben.« Wie wenn der Fernsehkommentator ihre heimliche Zwiesprache belauscht hätte, weist er darauf hin, dass zu befürchten ist, dass die DDR-Regierung die Grenze schließt und auch keine Visa mehr erteilt.

Sabine fährt wie elektrisiert aus ihrem Stuhl hoch.

»Ich muss mich sofort nach meinem Ungarn-Visum erkundigen. Es müsste schon lange da sein. Jetzt reicht's mir. Ich will auch weg. Vielleicht ist es die letzte Chance rauszukommen.«

In dieser Nacht schläft sie kaum. Immer wieder steht sie auf, sucht lange vergessene Erinnerungs-stücke, probiert festes Schuhzeug, sortiert Fotos aus, legt Urkunden bereit. Sie will so wenig wie möglich mitnehmen.

Dann macht sie eine Liste, was sie noch alles erledigen muss.

»Vor allem muss ich Geld von meinem Sparkonto abheben. Wo kann nur mein Rucksack sein, sicher auf dem Speicher. Morgen kaufe ich einen Film um meine Urkunden zu fotografieren. Den Film lasse ich dann im Apparat. Bei einer Kontrolle würden die Zeugnisse nur Verdacht erregen.«

Sabine hat alles genau im Kopf. Sie weiß, dass nächste Woche der beste Freund von Thomas nach Budapest fährt um dort seine Kölner Freundin zu treffen. Er kann sie gut mit dem Auto mitnehmen. Bis Budapest, dann muss sie alleine weitersehen.

12

Die nächsten Tage erlebt Sabine wie im Traum. Alles kommt ihr unwirklich vor, so als ob sie es gar nicht selbst ist, die die Entscheidungen trifft, die Abreise vorbereitet. Alles klappt wie am Schnürchen, wie sonst nur im Traum. Sabine erhält pünktlich ihr Visum für Ungarn. Wolfgang, der Freund von Thomas, kann sie problemlos mitnehmen, der Rucksack findet sich.

Sabine legt die Dinge, die sie mitnehmen will, auf den Tisch. Viel ist es nicht: Fotoapparat mit Film – sie hat ihre Dokumente fotografiert –, Wäsche, Geld, Reisepapiere, Pullover, Jacke, Socken, Butterbrote, Schwimmzeug – es soll ja nach Urlaub aussehen –, Fotos von Eltern und von Freundinnen. In den Schal von Thomas wickelt sie ein kleines Parfümfläschchen.

Kindheitserinnerungen, Briefe und vieles andere verschließt sie in einer Kiste, die sie unters Bett schiebt. Einen Brief an den Vater legt sie auf den Küchentisch. Diesen Abschiedsbrief zu schreiben ist ihr sehr schwer gefallen. Vor allem, da sie das Gefühl hatte, ihrem Vater in letzter Zeit näher gekommen zu sein, ihn besser zu verstehen.

»Trotzdem, es hält mich nichts.«

Halt, etwas hat sie doch vergessen. Das Buch von Thomas: »Griechenland und seine Inseln«. Gemeinsam haben sie alle Inseln auf der Landkarte gesucht und davon geträumt, dorthin zu fahren. »Was für Tanja ganz selbstverständlich ist, ist für uns verboten. Warum?«, hat sie Thomas gegenüber verbittert geäußert. Thomas hat versucht sie zu trösten. Er meinte, alle Jugendlichen drüben hätten auch nicht das Geld solche Reisen zu machen.

»Es soll billiger sein als unser Bulgarien-Urlaub im letzten Jahr. Nie wieder! Wie wir dort behandelt wurden. Nicht nur, dass wir in den Restaurants Einheitsessen bekamen und die Hotels mieser waren als die der Westdeutschen, am Flughafen gab es auch noch getrennte Warteräume. Als wir abflogen, hatten alle Maschinen große Verspätung. Es war eklig schwül. Stell dir vor, die Westdeutschen konnten sich Säfte kaufen, wir nicht. Weil wir keine DM hatten. Nicht mehr mit mir.«

Thomas hat gelacht und auf das Bild einer griechischen Insel getippt: »Na, wenn du da erst einmal im Meer schwimmen wirst, hast du alles vergessen.«

Ob er damals schon geahnt hat, dass sie abhauen wird? Jedenfalls war er nicht sonderlich überrascht, als Sabine ihm ihren Entschluss mitteilte. Natürlich hat sie ihn gefragt, ob er nicht mitkommen will. Er hat noch nicht einmal darauf geantwortet. Trotzdem hatte sie nicht das Gefühl, dass er sauer war. Nur sehr traurig, aber das war sie auch. Es ist schon komisch. Ich habe das Gefühl, Thomas hat mir erst die Kraft gegeben wegzugehen. Er und seine Großeltern. Sie haben meine Pläne akzeptiert. Nur, die Großeltern haben sich dann doch zu viele Sorgen gemacht, wie ich über die Grenze kommen will. Da ich es selbst nicht weiß, habe ich einfach behauptet, dass meine Mutter in Budapest auf mich wartet.

Sabines Reisevorbereitungen sind niemandem weiter aufgefallen. Ihre Freundinnen waren fast alle verreist. Außerdem sind die Menschen im August 1989 so sehr mit sich selbst beschäftigt, dass Sabines Verhalten nicht weiter auffällt. Abhauen oder Hierbleiben, diese Frage beschäftigt viele.

Die Zahl der DDR-Flüchtlinge, die versuchen über die Tschechoslowakei, Polen oder Ungarn in die Bundesrepublik zu gelangen, steigt von Tag zu Tag.

Sabine hat das Gefühl, die ganze DDR haut ab. Nur die Regierung tut so, als ob nichts passiert. Dabei sind die Lücken, die die Menschen hinterlassen haben, unübersehbar. Als Sabine beim Bäcker Brot für die Reise kaufen will, ist das Geschäft »vorübergehend geschlossen«. Die Kneipe an der Ecke hat jeden Tag »Ruhetag« und die Kinderärztin ist schon seit Wochen im Urlaub.

Sabine wird das Gefühl nicht los, dass auch ihr Haus von Tag zu Tag leerer wird. Es wird Zeit, dass ich gehe, macht sie sich selbst Mut.

Als es endlich so weit ist, kann sie es kaum begreifen. Der Abschied von Thomas ist kühl, keiner will seine Gefühle vor dem anderen zeigen.

»Schreib mal«, sagt Thomas.

»Lass mal von dir hören«, antwortet Sabine.

»Ich habe doch gar keine Adresse von dir.«

»Hier ist die von Mario«, Sabine zieht ein vorbereitetes Zettelchen aus der Tasche. Schnell steigt sie in den Trabi von Wolfgang ein. Der Abschied der beiden Freunde, wenn auch nur für drei Wochen, fällt wesentlich herzlicher aus.

Ihr dauert es jedenfalls zu lange. Als Wolfgang sich endlich ans Steuer setzt, muffelt sie ihn an: »Es wurde aber auch Zeit.«

»Kannst wohl nicht schnell genug von uns wegkommen. Übrigens, wir halten noch kurz in Dresden. Ich muss bei einem Freund noch einen Ersatzreifen abholen. Es gab keine bei uns.«

Sabine schluckt ihren Ärger herunter und schaut aus dem Fenster. Die Straßen in den Vororten sind leer, nur ein paar ältere Leute sind zu sehen. Vor einem Obstladen hat sich eine Käuferschlange gebildet.

»Wahrscheinlich Weintrauben, jedenfalls gab es die gestern dort«, meint Wolfgang und bietet Sabine welche an. »Sag mal, wieso willst du eigentlich weg?«

»Ach, bei mir ist in letzter Zeit so viel zusammengekommen.« Sabine blickt zum Fenster hinaus. »Ich hab einfach das Gefühl, wenn ich jetzt nicht abhaue, hab ich vielleicht nie mehr die Chance einmal so zu leben, wie ich möchte.«

Schnell sind sie in Dresden. Wolfgangs Freund ruft Sabine nach: »Vergiss uns nicht, vergiss nicht die, die bleiben.«

Auch die tschechische Grenze ist bald erreicht. Nur von kurzen Schlafpausen unterbrochen fahren sie die ganze Nacht.

Beide wollen so schnell wie möglich in Ungarn ankommen.

»Wer weiß, ob die Grenze für uns überhaupt noch auf ist.«

Am Morgen erreichen sie die ungarische Grenze. Freundliche Beamte lassen sie passieren. Sie könnten ein junges Paar auf Urlaubsreise sein.

Es ist ein wundervoller Sommertag, kein Mensch scheint an Flucht zu denken. Sabine kurbelt die Fensterscheibe hinunter. »Ah, hier kann man ja richtig durchatmen.«

»Wart nur«, sagt Wolfgang ironisch, »vielleicht fehlt dir eines Tages noch unsere Leipziger Luft.«

Sabine ist ganz in Gedanken versunken. »Was mache ich nur, wenn es mir drüben nicht gefällt?«

Tränen schießen ihr in die Augen. Die Erleichterung, die DDR verlassen zu haben, weicht einem Gefühl von Trauer.

»Wie soll ich die Flucht nur organisieren? Ich hätte Mutti doch Bescheid sagen sollen.«

So, als ob Wolfgang ihre Gedanken erraten hätte, sagt er: »Wenn wir in Budapest sind, suchen wir uns eine Pension, von dort aus rufst du deine Mutter an. Sag mal, ist sie noch in Hamburg oder womöglich schon wieder in Leipzig? Könnte doch sein, oder?«

»Spinnst du? Na ja, gedacht habe ich auch schon daran«, gibt Sabine kleinlaut zu.

»Weißt du, meine Freundin kann sich ja für dich umhören, wie die anderen es anstellen, über die Grenze zu kommen. Als Westdeutsche ist sie doch unverdächtig.«

»Die wird sich bedanken. Ist doch euer Urlaub. Wo triffst du sie eigentlich?«

»Um vier Uhr in unserem Stammcafé.« Wolfgang wirkt ziemlich nervös.

»Sag mal, willst du nicht auch rüber zu deiner Freundin?«

»Nachgedacht habe ich schon darüber. Aber so fest ist das mit Inge, so heißt sie, ja noch nicht. Ansonsten kenne ich drüben auch keinen. Nachher liege ich ihr auf der Tasche.« Wolfgang lächelt Sabine verlegen an.

Inge wartet am verabredeten Ort, eine Unterkunft hat sie schon organisiert. Von der Pension aus ruft Sabine sofort in Hamburg an. Als sie die Stimme ihrer Mutter hört, muss sie sich vor Aufregung hinsetzen, so sehr zittern ihre Beine. Sie hört ihre Mutter erstaunt ausrufen: »Kind, wo bist du denn? Ich habe schon so oft in Leipzig angerufen.«

Da kann Sabine nur leise sagen: »Ich bin in Budapest und will zu dir.«

»Mein Liebling«, die Wärme, die die Stimme ihrer

Mutter ausstrahlt, wirkt beruhigend auf Sabine, »hast du dir das auch gut überlegt?«

»Ich will zu dir«, mehr kann Sabine nicht sagen.

»Dann komm, ich warte auf dich«, antwortet ihre Mutter ruhig, aber bestimmt. »Wenn ich dir doch nur helfen könnte! Soll ich kommen?«

»Nein, dazu ist es zu spät. Ich rufe dich an, wenn ich ... Na, du weißt schon. Nicht über das Telefon.« Sabine hat plötzlich so ein ungutes Gefühl, als die Pensionswirtin den Flur betritt.

»Wer weiß, nachher zeigt sie mich noch an.« Schnell huscht Sabine in ihr Zimmer. Am nächsten Morgen geht sie mit Inge und Wolfgang zur deutschen Botschaft. Sie wirkt wie eine belagerte Festung. Überall stehen Gruppen zusammen und diskutieren. Kinder spielen, manche weinen. Es ist so eng, dass man sich kaum bewegen kann. Viele haben im Garten der Botschaft in Zelten übernachtet. Mittlerweile ist es kühl und regnerisch geworden. Es herrscht eine angespannte Atmosphäre. Die Menschen sind gereizt.

»Hier bleibe ich auf keinen Fall«, denkt Sabine verstört.

Gerüchte tauchen auf, dass die Flüchtlinge wieder in die DDR zurückmüssen.

Viele Jugendliche bedrückt zusätzlich die Tatsache, dass sie ihren Eltern nichts von der Flucht gesagt haben.

Zwei junge Mädchen aus Schwerin erzählen Sabine, dass sie einen Kameramann von der »Tagesschau« überredet haben sie für die Nachrichtensendung zu filmen. Jetzt hoffen sie, dass ihre Eltern sie im Fernsehen entdecken und beruhigter sind.

Inge hat sehr schnell in Erfahrung gebracht, von wo aus die Flucht über die Grenze relativ gefahrlos möglich ist. Günstig ist auch, dass der Grenzort gut von Budapest aus zu erreichen ist. Sabine will gleich diese Nacht die Flucht versuchen.

»Komm, Sabine, lass uns noch ein wenig bummeln«, schlägt Inge vor. »Du hast noch Zeit. Es muss ja erst mal dunkel werden. Wir fahren dich zur Grenze. Ich lade euch alle zum Essen ein.«

»Diese Inge«, denkt Sabine, »beneidenswert. Sie ist so selbstbewusst. Wie sicher sie in einem fremden Land auftritt.«

Schließlich erstehen sie nach längerem Suchen sogar noch eine Taschenlampe und einen Kompass für die Flucht. Inge schenkt Sabine ihre Regenjacke.

Gemeinsam zeichnen sie auf der Landkarte ein, wo sie über die Grenze muss. Inge beschreibt ihr, wie die Grenzzäune aussehen müssen, was sie beachten muss. Sie hat die Informationen von einem Pärchen, das einen Tag später an dieser Stelle über die Grenze gehen will.

Als sie gegen zwanzig Uhr den kleinen Grenzort erreichen, sehen sie unzählige ausgebaute Trabis entlang der Dorfstraße stehen. Ihre Besitzer sind wahrscheinlich längst im Westen.

In der Dorfkneipe trinken sie noch eine Cola. Zusammen mit zwei Jugendlichen sind sie die einzigen Gäste.

»Die sind doch auch von uns«, denkt Sabine.

Sie kommen ins Gespräch. Schnell stellt sich heraus, dass die beiden denselben Fluchtweg benutzen wollen. Sie haben es schon zweimal vergeblich an einer anderen Stelle versucht.

Jürgen und Stefan, so heißen sie, überreden Sabine doch gemeinsam loszugehen.

Mittlerweile ist es stockdunkel geworden. Sabine wird es mulmig.

Inge und Wolfgang versprechen ihr zwei Stunden zu warten, falls sie von den Grenzern zurückgebracht wird.

»Viel passieren kann eigentlich nicht«, Sabine spricht sich Mut zu. »Los, ihr beiden. Zeigt mal, wo es langgeht.« Sie versucht ihrer Stimme Festigkeit zu geben.

Schweigend machen sich die drei auf den Weg in ein unbekanntes Land.

13

Erschöpft ist Sabine irgendwann auf dem Hochsitz eingeschlafen.

Traum und Realität fließen ineinander über. Plötzlich wird sie unsanft aus dem Schlaf gerüttelt. Sie hat Mühe sich zurechtzufinden.

»Es ist schon hell. Willst du, dass uns die Grenzer schnappen? Sabine, steh auf.«

Stefan steht vor ihr. Schlagartig ist sie wach.

»Richtig, ich habe das alles nicht nur geträumt, nein, ich bin ja wirklich auf der Flucht.«

Sabine klettert vorsichtig den Hochsitz hinunter. Von der ungewohnten Art und Weise im Sitzen zu schlafen tun ihr alle Knochen weh.

»Wo sind wir?« Jürgen und Stefan gucken sie fragend an.

»Keine Ahnung.«

Die drei irren umher, bleiben stehen, sehen sich ratlos an. Sie wissen nicht weiter. Plötzlich sagt Jürgen: »Seht mal, dahinten an dem Baum ist doch etwas, vielleicht ...« Jürgen spricht nicht weiter, ganz so, als ob er Angst hätte bei den anderen Hoffnung zu wecken.

Als sie näher kommen, sehen sie, dass an dem Baum eine hölzerne Tafel angebracht ist: »Im Gedenken an sieben Wanderer, die an dieser Stelle am 24. September 1951 vom Blitz erschlagen wurden.«

Sabine liest die Zeilen auf der Tafel ganz langsam vor.

»Mensch, das steht ja da auf Deutsch«, ruft sie aus, »wir haben es geschafft.«

Die drei umarmen sich. Sie haben Tränen in den Augen.

»Ja, wir haben es geschafft.«

Sabine weint hemmungslos. Jürgen guckt sie an, mit belegter Stimme sagt er: »Den ersten Schritt haben wir geschafft, doch das Schwerste liegt noch vor uns. Werden wir dort eine neue Heimat finden? Ich habe jetzt schon Heimweh.«

14

Hamburg, den 20. September 1989

Lieber Thomas,

du denkst sicher, ich bin eine untreue Tomate, denn
außer einer Postkarte hast du noch kein Lebenszei-
chen von mir erhalten. Aber du warst schließlich
auch schreibfaul. Ein bisschen Angst habe ich
schon, dass du mich vergessen hast. Seit knapp vier
Wochen lebe ich in Hamburg. Ich habe das
Gefühl, dass ich mit jedem Tag weniger weiß,
wohin ich gehöre. Erst jetzt wird mir bewusst, was
ich verloren habe: die Familie, die Freunde, Leipzig. Es klingt vielleicht ein wenig theatralisch, doch
lies zuerst einmal meinen Brief.

Ich wohne bei Mario. Da er nur ein Zimmer hat,
schlafe ich auf einer Klappliege in der Küche. Das
gemeinsame Wohnen geht ganz gut, denn Mario ist
wenig zu Hause. Wenn er mal da ist, sitzt er
schweigend vor dem Fernseher. Er hat sich nicht
sehr verändert. Früher hat er über die DDR
geschimpft, jetzt schimpft er über die Bundesrepublik. Zurückgehen will er aber nicht, am liebsten
würde er auswandern, nach Australien. Ich glaube,
ihn plagt das Heimweh, zugeben würde er das
natürlich nie.

Ich habe das Gefühl, Mario wollte weg von der
Familie, und jetzt reisen wir ihm alle hinterher.
Mit Mutti lief es gar nicht gut. Ihre ständige Bevor-
mundung ging ihm wohl auf die Nerven. Als sie
anfing ihm die Wohnung »gemütlich« einzurichten,
gab es Krach. Mutti wohnt jetzt außerhalb von
Hamburg bei einer Freundin, die vor ein paar Jah-

ren rüber ist. Wir telefonieren oft miteinander, treffen uns aber seltener, die Zugverbindungen sind nicht besonders.

Mutti versteht sich zum Glück mit ihrer Freundin Gisela sehr gut, sie sind ja schon zusammen zur Schule gegangen. Die beiden sind sehr unternehmungslustig, ständig machen sie Ausflüge. Kein Reisesonderangebot ist vor ihnen sicher. Mario und ich sind froh, dass es diese Freundin gibt, denn erstens befriedigt sie Muttis Reiselust und zweitens hat Mutti dadurch nicht so viel Zeit uns zu umsorgen. Dafür macht sich Mutti umso mehr Sorgen um Vati. Ich glaube, sie hat ziemliche Gewissensbisse, dass sie hier bei uns ist und er in Leipzig allein klarkommen muss. Schließlich war ja zwischen ihnen nur abgesprochen, dass sie sich in Hamburg um Mario kümmert. Durch mein Weggehen ist natürlich alles noch mal anders geworden. Als Vati von der Wanderung mit seinem Freund nach Hause kam und meinen Brief vorfand, muss er ziemlich verzweifelt gewesen sein. Mutti sagt, dass er sich jetzt von uns allen im Stich gelassen fühlt. Das bedrückt uns sehr.

Nach meiner geglückten Flucht ist Mutti nach Wien gekommen. Eine Menge von Formalitäten war zu erledigen, dann sind wir zu Mario nach Hamburg gefahren. Ich habe dann gleich Sozialhilfe, also Geld zum Leben, bekommen und das war's.

Es ist schon merkwürdig, du haust ab und kriegst noch Geld dafür. Ich übertreibe, ganz so einfach war es auch wieder nicht. Ich musste erst mal alle Ämter abklappern. Davon gibt es hier jede Menge, vom Arbeitsamt zum Sozialamt, von der Meldebehörde wieder zum Arbeitsamt und so weiter. Und dann die ganzen unverständlichen Formulare, die man ausfüllen muss. Immer wieder wird man ermahnt, auch das Kleingedruckte zu lesen, es soll das Wichtigste sein. Ich frage mich, warum man es dann nicht so schreibt, dass es jeder ohne Augenverrenkungen lesen kann. »Sie müssen ja nicht hierher kommen«, hat mal so ein Beamter zu mir gesagt.

Mit hochrotem Kopf bin ich gegangen. Ein Über-siedler – so heißen wir hier – aus Dresden hat mich dann über alles aufgeklärt. Stell dir vor, sie haben ihm seine Ausbildung nicht anerkannt. Als ich ihn fragte, warum er denn aus Dresden weg sei, sagte er mir im schönsten Sächsisch: »Nie mehr minder-wertsch sein«. Ich frage mich, was er jetzt davon hat.

Die ersten zwei Wochen habe ich nur zu Hause herumgesessen, so richtig wusste ich nichts mit mir anzufangen. Mutti und ich haben ständig gegrübelt, was ich machen könnte. Studieren wollte ich erst mal nicht, lieber Geld verdienen.

Mutti und ich haben uns öfters in einem Café in der Innenstadt getroffen, die Kellnerin kannte uns schon. Ich glaube, wir taten ihr Leid. Sie wusste, dass ich mich nach einer Arbeitsstelle umschaue. Eines Tages hat sie uns auf eine Anzeige in der Zei-tung aufmerksam gemacht, gesucht wurden unge-lernte Arbeitskräfte in einem Pflegeheim.

Ich bin am nächsten Tag sofort hin, was soll ich dir sagen, die waren regelrecht froh, dass ich gekom-men bin.

Ich habe Schichtdienst. Die alten Leute sind lieb. Sie freuen sich, dass ich von drüben, von der »Ost-zone« komme. Manche waren vor dem Krieg in Leipzig oder auf Rügen gewesen.

Mit den Kollegen ist es schwieriger. Sie machen ständig ihre Witze über die DDR. Obwohl noch keiner von ihnen da gewesen ist, wissen sie alles

besser. Als ich gestern ganz erstaunt zu einer Stationsschwester sagte: »Ach, gibt es hier gar keinen Betriebskindergarten«, da hat sie patzig geantwortet, »bei uns haben es die Mütter nicht nötig zu arbeiten. Sie kümmern sich lieber selbst um ihre Kinder.« Genauso patzig habe ich geantwortet: »Da können die arbeitslosen Väter ja gleich mit auf die Kinder aufpassen.« Da war aber der Teufel los. Unser Pfleger mischte sich sofort ein. »Na, Sabine, hast du dir schon mal überlegt, dass du unsere Sozialhilfe kassiert hast, dass du wahrscheinlich bald unser Wohngeld erhalten wirst? Was habt ihr denn für unseren Staat geleistet? Deine Mutter bekommt unsere Rente, und zwar mehr als meine Mutter. Hat denn deine Mutter bei uns gearbeitet?«
Mit hochrotem Kopf stand er vor mir. Doch es ging weiter. Unsere Stationshilfe gab auch noch ihren Senf dazu. »Verbieten sollte unsere Regierung, dass die von drüben alle zu uns kommen. Und dann noch die Polen und die Russen. Hunderttausende sollen es sein. Wo doch schon so viele Ausländer bei uns sind.«
»Ich bin aber Deutsche«, rutschte es mir heraus.
»Ich will dir mal was sagen«, unser Pfleger mischte sich wieder ein, »unzufrieden seid ihr drüben gewesen. Jetzt kann es euch bei uns nicht schnell genug gehen mit dem Geldverdienen. Doch dafür muss man auch was tun. Bei meinem Bäcker arbeiten auch welche von euch. Was sagt er mir gestern, die wollen doch gar nicht arbeiten. Einen Achtstundentag halten die nicht aus, wollen sie auch nicht. Lassen sich alle krankschreiben. Naja, du bist ja nicht so. Es gibt immer Ausnahmen. Für uns seid ihr irgendwie alle Ausländer.« Maria, eine junge Kollegin kam hinzu. Ich wollte schon gehen, da

sagte sie: »Sabine, lass sie reden. Sie ärgern sich ja nur, weil sie wissen, dass sie ohne uns Ausländer das Heim schließen könnten. Komm, lass uns das Frühstück austeilen. Wir haben keine Zeit zum Quatschen. Ausländer arbeiten lieber.«

Ich war sprachlos. Als ich mich bei Maria bedanken wollte, musste ich ihr allerdings sagen, dass ich nicht aus Polen komme, sondern Deutsche bin. Sie lachte nur und sagte: »Für die hier bist du anscheinend genauso Ausländerin wie ich.«

Als sie mein erstauntes Gesicht sah, fragte sie: »Wusstest du nicht, dass ich Griechin bin?«

Wie findest du das? Sie kommt aus Griechenland, leider nicht von einer Insel. Wir haben uns ein wenig angefreundet.

Weißt du, Thomas, dass ich anderen etwas wegnehme, das hat mich doch getroffen. Ich merke richtig, wie ich mich im Beisein von meinen Kollegen kontrolliere. Meinen neuen Pulli ziehe ich bei der Arbeit jedenfalls nicht an, sonst denken die noch, sie haben ihn bezahlt. Dass Mutti mir eine Karte für das BAP-Konzert geschenkt hat, verschweige ich lieber.

Ich denke oft an euch in Leipzig. Gibt es unsere Umweltgruppe noch?

Wenn ich doch nur wüsste, ob meine Entscheidung richtig war. Hätten sie mir doch die Besuchserlaubnis erteilt, wer weiß ... Mein Vater ist natürlich sauer auf uns. Er hat mir geschrieben, dass er sehr traurig ist, dass wir ihn nun ganz alleine gelassen haben. Vati will im Moment nicht, dass wir ihm schreiben oder ihn anrufen. Er wird sich bei uns melden, wenn er es für richtig hält. So hat sich doch sehr viel in meinem Leben geändert. Tagsüber stürzt so viel auf mich ein, dass ich nicht zum

Nachdenken komme, doch nachts wache ich plötzlich auf und grübele, wie alles weitergehen soll. In
Leipzig habe ich irgendwie unbeschwerter gelebt.
Jetzt muss ich mich wie eine Erwachsene verhalten.
Ach, Thomas, du würdest mich nicht mehr wieder
erkennen, so ernsthaft bin ich geworden. Ich fühle
mich manchmal verdammt alleine und denke, die
Probleme wachsen mir über den Kopf.
Ich freue mich sehr, wenn du mir bald schreibst,
ganz ausführlich, ja?
Wundere dich nicht, wenn der Brief in Leipzig
abgestempelt ist. Die Freundin meiner Mutter
nimmt ihn morgen mit rüber. Schließlich sollst nur
du den Brief lesen. Vergiss mich nicht ganz,

deine Sabine

Sabine braucht auf eine Antwort von Thomas nicht
lange zu warten. Auf dem gleichen Weg kommt ein
Brief an sie zurück.

Leipzig, den 24. September 1989

Liebe Sabine,
ich habe einen Luftsprung gemacht, als ich deinen
Brief bekam. Ich war schon ziemlich verzweifelt.
Ich habe nämlich keine Karte von dir erhalten. Opa
wollte nächste Woche nach Hamburg fahren und
nach dir forschen. Renate und Karin sind auch
schon ganz genervt, dass sie nichts von dir hören.
Sie waren stocksauer, als sie von deiner »Reise«
erfuhren. Ich glaube, du fehlst ihnen. Mir auch,
hätte ich nicht gedacht.
Julchen ist beleidigt, weil du dich nicht von ihr ver-
abschiedet hast. Sie wollte dir doch ein Abschieds-

bild schenken. Sie hat ganz lange daran gezeichnet. Ich schicke es dir mit. Falls du's nicht gleich erkennst: die beiden auf dem Bild sind wir, im Eiscafé Pinguin. Sie lässt dir sagen, du sollst sofort zurückkommen. Wenn nicht, dann hätte sie gern ein Comic-Heft von dir. Angeblich sammelt sie die, obwohl es bei uns gar keine gibt.

Als ich deinen Brief erhielt, tagte nachmittags unsere Gruppe. Mindestens ein Drittel ist weg, abgehauen. Die Stimmung in der Gruppe ist dementsprechend gedrückt. Jedenfalls demonstrieren wir, und zwar an unserem Jahrestag, dem 7. Oktober*. Egal, was wir dabei riskieren. Unser Fernsehprogramm gucke ich mir gar nicht mehr an. Bei uns wird nur gelogen. Im Westfernsehen sieht man nur noch die fröhlichen Gesichter der Menschen, denen die Flucht geglückt ist. Ich komme mir vor wie der letzte Mohikaner. Unsere Familie bleibt jedenfalls, bis zum bitteren Ende. Mutti will ihre Patienten nicht im Stich lassen. Den Großeltern will sie es auch nicht antun.

Mein Vater hat mal wieder geschrieben, Oma hat es mir erzählt. Ein Paket hat er auch geschickt, Mutti darf das alles nicht wissen. Morgen gehen wir zum Fotografen, Vati soll ein neues Foto von uns bekommen. Er schreibt, dass er große Sehnsucht nach Julchen und mir hat. Mir fehlt er auch. Er war immer so lustig, außerdem konnte er gut Mathe. Weißt du, Sabine, eigentlich wäre ich gerne mit dir abgehauen, aber ich habe nicht den Mut dazu gehabt. Übrigens, Wolfgang ist von seinem Ungarn-Urlaub nicht nach Leipzig zurückgekehrt. Ich fühle

---

* 40. Jahrestag der Gründung der DDR.

mich schon verdammt alleine, da geht es mir so
wie dir. Karin hat deinen Vater getroffen. Sie sagt,
er sähe sehr schlecht aus. Dein Vater hat Karin
regelrecht nach euch ausgefragt, aber sie wusste ja
auch nichts. Mach es gut, Sabine, vergiss die DDR
nicht.

Dein Thomas

P. S. Eure Bekannte nimmt den Brief übermorgen
mit.

Traurig legt Sabine den Brief weg. Sie betrachtet Julchens Zeichnung. Wie lange ist das alles schon her,
das Eiscafé, die »Blaue Stunde«. Ein wenig fremd ist
ihr das Bild. Zum ersten Mal hat sie das Gefühl, doch
schon einen Abstand zur DDR bekommen zu haben.
Durch Maria ist das Leben ein wenig bunter geworden. Gestern haben sie einen Bummel durch Ham-
burgs Boutiquen gemacht, sind ins Kino gegangen
und danach in ein gemütliches griechisches Lokal.
Da hat sie ein wenig die Angst vor der Großstadt
verloren. Die vielen Musikgeschäfte haben ihr am
besten gefallen. Stundenlang könnte sie dort bleiben
und Musik hören.

Marias Familie hat sie ebenfalls kennen gelernt,
auch eine getrennte Familie. Zwei Brüder leben in
Griechenland, Maria und ihre Eltern in Hamburg.
Die Oma reist immer hin und her und versorgt alle
mit dem neuesten Familienklatsch.

Als Sabine den Brief wieder in den Umschlag
stecken will, entdeckt sie, dass noch ein Briefbogen
in ihm steckt. Verwundert beginnt sie zu lesen.

Nachtrag   Montag, 25. September

Ach, Sabine, ich bin noch ganz aufgewühlt. Stell
dir vor, ich war heute auf meiner ersten Demonstration. Wir waren zu Tausenden auf den Straßen
von Leipzig.* Renate und Karin hatten mir von der
Demonstration erzählt. Ich bin dann einfach mal
hingegangen und habe mir das angeschaut, von
weitem. Ich stand in einer Menge von Schaulusti-
gen. Ausgegangen war die Demonstration von der
Nikolaikirche, dort finden ja die Friedensgebete
statt.

Bisher war es immer so, dass die, die ausreisen
wollten, riefen: »Wir wollen raus«. Heute schrien
viele: »Wir bleiben hier«. Ich hatte ziemliche Angst
mitzulaufen. Es sollen viele Spitzel dabei gewesen
sein. Der ganze Demonstrationszug wurde von der
Polizei begleitet. Später haben sie dann ohne
Anlass geprügelt und Leute verhaftet. Ich bin gleich
in eine Gruppe gegangen, die Zeugenaussagen von
Polizeiübergriffen sammelte. Plötzlich liefen Renate
und Karin an mir vorbei. Sie riefen mir zu, ich
sollte mich beeilen, sonst würde ich mein Leben
verpassen. Die Leute haben gelacht, mir war es ein
wenig peinlich. Na ja, dann bin ich mitgegangen,
besser mitgelaufen. Ich tauchte wie in einen Strom
ein und fühlte mich plötzlich ganz stark. Die
Demonstranten riefen immer: »Schließt euch an«,
und dann sprangen die Leute über die Straßenbe-
grenzungen hinweg und liefen mit, einfach so. Vor
Menschenmassen sah man nichts mehr.

* In Leipzig demonstrierten am 25. September 1989 rund
  8000 Menschen für Meinungs- und Versammlungsfreiheit
  und Zulassung der Oppositionsgruppe »Neues Forum«.

Ich finde, die Leipziger haben Mut bewiesen, als sie auf die Straße gingen, obwohl man nicht wissen konnte, was dabei herauskommt.

Bine, bin ich glücklich! Es ist mir so, als ob ein Nebelschleier vor meinem Gesicht weggewischt wurde. Ich fühle mich plötzlich frei und leicht. Wenn sich bei uns etwas verändert, dann will ich dabei sein. Jeden Tag, jede Stunde. Keine Minute darf ich verpassen. Jetzt werde ich endlich leben!

15

Der Wecker klingelt unerbittlich. Es ist sechs Uhr. Ohne Licht anzumachen ertastet Sabine den Wecker und schaltet ihn ab.

»Zehn Minuten gönne ich mir noch. Ich muss ja nicht immer überpünktlich auf der Station erscheinen. Mario ist schon weg. Wie rücksichtsvoll er morgens immer ist, schließlich liege ich in seiner Küche«, denkt sie und ist ganz gerührt. »Zum Glück kann er in der Arbeit frühstücken. Vielleicht sollte ich mal mit ihm reden. Er wirkt so bedrückt.«

Mario findet keine andere Arbeit als die an der Tankstelle. Gestern sagte er ganz traurig: »Nun habe ich die tollste Musikanlage, schöner als ich sie mir je erträumt habe, und bin abends so kaputt, dass ich bei der fetzigsten Musik einschlafe. Meine supernagelneue Gitarre steht unbenutzt in der Ecke. So habe ich mir das Leben im Westen nicht vorgestellt.«

Sabine hat heimlich eine Anzeige in einer Hamburger Zeitung aufgegeben: »Junger Gitarrist sucht Gruppe zum Mitspielen.«

»Junger Gitarrist aus der DDR«, wollte sie noch schreiben, aber Maria meinte: »Dann meldet sich keiner. Euer Musikgeschmack ist doch noch von vorgestern.«

Da hat es den ersten Krach zwischen den beiden Freundinnen gegeben.

»Dafür weiß ich, wer Goethe und Bismarck sind, die sind doch für dich unbekannte Größen«, fauchte Sabine zurück.

Am nächsten Tag brachte Maria ein Buch von Goethe auf Griechisch mit und Sabine eine Kassette

»Rock aus der DDR«. Da mussten beide so lachen, dass ihnen die Tränen kamen.

Trotzdem, auf die Anzeige hatte sich keiner gemeldet. Sie hatte Marias Adresse angegeben. Mario sollte davon nichts wissen. Er wäre sicher erst mal dagegen gewesen. Er hat Hemmungen vor den Westlern.

»Die sind so perfekt, auch in der Musik. Da komme ich ja doch nicht mit.« Das war seine Meinung.

Sabine quält sich aus dem Bett. Als sie in der U-Bahn sitzt, fällt ihr auf, wie sehr sie sich schon an den Arbeitsalltag gewöhnt hat. Ewig wollte sie das nicht machen.

Sie verdient ja nicht schlecht, aber der Schichtdienst strengt sie doch sehr an. Ständig ist sie müde, hinzu kommen noch die stechenden Rückenschmerzen. Eine Kollegin hat ihr zwar gezeigt, wie man die Patienten wäscht und die Betten bezieht ohne sich zu verrenken, aber in der Hektik des Alltags vergisst sie darauf zu achten.

Gestern ist ganz überraschend eine alte Frau gestorben. Sabine war so erschüttert, dass der Pfleger sie nach Hause geschickt hat.

»Das ist auch schwer zu verkraften, vor allem für ein so junges Mädchen, wie du es bist. Schließlich kommst du direkt von der Schule zu uns. Ruh dich zu Hause aus.«

Sabine ist froh, dass die Kollegen wesentlich freundlicher zu ihr geworden sind. Sie merken, dass sie sich nicht vor der Arbeit drückt, »obwohl sie Abitur hat«, wie eine Stationshilfe betont. »Komisch«, überlegt Sabine, »was hier im Westen alles eine Rolle spielt. Wenn das Abitur hier so wichtig ist, vielleicht sollte ich doch studieren. Vielleicht auch mein Russisch ausbauen, da sind die doch im Westen ganz wild drauf, seit Gorbatschow.«

Gestern saß sie in der U-Bahn einer jungen, modisch gekleideten Frau gegenüber, die ein Tuch, bedruckt mit russischen Buchstaben und Hammer und Sichel, umgebunden hatte. Den roten Stern trugen ganz Schicke auf der Baskenmütze.

›Das würde bei uns keiner freiwillig machen‹, denkt Sabine. ›Ob ich mir das »uns« jemals abgewöhnen werde? Gestern hat mich Maria gefragt, wie ich mir eigentlich den Westen vorgestellt habe. »Nicht so laut, so bunt«, habe ich spontan geantwortet. Ja, das stimmt. Ich habe gedacht, der Westen, der ist so wie Budapest, wie Ungarn, die Karibik des Ostens. Viele Cafés, Geschäfte, überquellende Obstläden, Kinos, die Filme aus aller Welt zeigen.

Ungarn war für uns der Vorgarten zum Paradies. Ich merke jetzt, Budapest ist ein Witz gegenüber Hamburg. Hier traute ich mich am Anfang gar nicht einzukaufen. Beim Metzger kann ich mich heute noch nicht entscheiden, welche der unendlich vielen Wurstsorten ich nehmen soll. In der Käseabteilung bekomme ich regelrechte Schweißausbrüche. Da ich die Namen nicht kenne, zeige ich immer zielsicher auf die teuersten Sorten. Aber geschmeckt haben sie ganz köstlich. Maria hat gelacht und gemeint, es wäre ihr am Anfang auch so gegangen. Wenn ich doch so wie Maria wäre, so selbständig und selbstbewusst! Ich bin doch bei uns sehr behütet aufgewachsen. Die Schule, die Jugendorganisation, da war man eingebunden in das Kollektiv. Man musste nichts selbst entscheiden, es wurde für einen entschieden.‹

Als Sabine auf die Station kommt, wartet eine kleine Überraschung auf sie. Für geleistete Überstunden bekommt sie einhundert DM extra.

›Die werde ich heute Nachmittag gleich sinnlos verprassen‹, denkt sie vergnügt und teilt das Frühstück aus. Sie sieht die Schwestern mit mürrischer Miene an ihr vorbeihasten. ›Komisch, die Menschen im Westen. Sie kommen mir immer so unzufrieden vor. Sie reden so oft übers Geld, immer haben sie zu wenig, aber was sie sich alles leisten können! Und dann die ganzen Namen: Kredite, Leasing, Schecks, Kreditkarten, Geldautomaten, Aktien, Versicherungen und natürlich Schulden.‹

Nach der Arbeit fährt sie sofort in die Innenstadt. In der Lebensmittelabteilung eines großen Kaufhauses leistet sie sich den Luxus, alle Sorten Joghurt zu kaufen, die sie bisher nicht kannte. Ebenso ersteht sie alle Obstsorten, die sie noch nie gegessen hat. Mango, Papaya, Lychee, Ananas und eine Kokosnuss. In der Kosmetikabteilung lässt sie den roten Nagellack links liegen.

»Den haben wir bei uns auch, aber blauer und grüner, da fallen ja alle in Ohnmacht«, murmelt sie vor sich hin. »Zeitschriften kaufe ich noch, vor allem die, die auf Musik spezialisiert sind. Ein Vergnügen gönne ich mir noch. Ich zähle mal so zum Spaß die verschiedenen Toilettenpapiersorten, die es hier gibt, von weiß bis lila geblümt, von feucht bis umweltfreundlich. Wenn ich da an unser Toilettenpapier denke ... Und dabei sollte Mutti letztes Jahr bei einer Dienstreise nach Polen den Kollegen dort unser DDR-Papier mitbringen!«

Sie geht zu einer der vielen Kassen. An allen haben sich lange Schlangen gebildet.

»Mist, können die nicht mehr Kassen aufmachen. Ich verplempere hier meine Zeit. Wenn ich schon im Westen bin, will ich wenigstens nicht Schlange stehen müssen.« Ihr Blick fällt auf eine Tageszeitung, die sie eher achtlos in den Einkaufswagen gelegt hat.

»Bald Reisefreiheit für alle DDR-Bürger?« lautet die Schlagzeile.

»Die spinnen doch. Reisefreiheit, so was gibt es doch gar nicht. Völlig unmöglich. Aber, wenn ich mir überlege, was alles in den letzten Wochen Unfassbares passiert ist, scheint kein Traum mehr utopisch zu sein.«

Kaum ist sie zu Hause angekommen, klingelt das Telefon. Es ist Ulrike, ein Mädchen aus der Leipziger Umweltgruppe. Auch sie ist abgehauen. Ulrike ruft aus einem der vielen Aufnahmelager an, in denen die DDR-Flüchtlinge provisorisch untergebracht werden.

»Ab morgen soll ich in einer Turnhalle kampieren«, sagt sie leise am Telefon, »meinst du, Sabine, man schafft es hier? Es ist mir alles so fremd. Ich will doch endlich Psychologie studieren. Sie haben es mir doch bei uns nicht erlaubt, wegen meiner Eltern.«

Sabine gibt Ulrike Tipps, an welche Ämter sie sich wenden soll.

»Du, ich schicke dir ein bisschen Geld. Ich habe gerade heute etwas dazuverdient.«

»Mensch, Sabine, du bist ein echter Kumpel. Vielleicht kann ich in Hamburg studieren? Da können wir wieder eine Umweltgruppe aufmachen. Tschüs und danke.«

Nachdenklich legt Sabine auf. Es scheint so, als ob keiner mehr bleiben will.

Gedankenverloren probiert sie ihre verschiedenen Joghurtsorten aus.

»Nun werden noch die Nägel lackiert, dann packe ich mich auf das Sofa und schmökere in den Zeitschriften. Mario ist ja nicht da.«

Da sie tüchtig eingeheizt hat, ist es warm und gemütlich im Wohnzimmer. In eine Decke gekuschelt liegt Sabine auf dem Sofa. Beim Lesen fallen ihr die Augen zu.

»Ich muss doch noch an Thomas schreiben«, murmelt sie, »na, so ein Momentchen mache ich mal die Augen zu.« Sie knipst das Licht aus und schläft ein.

Als sie wieder aufwacht, ist es stockdunkel.

»Komisch, ich schlafe doch sonst nicht um diese Zeit. Essen die Eltern etwa ohne mich Abendbrot? Es ist so still, merkwürdig.« Sabine versucht sich zu orientieren. »Mutti«, ruft sie leise. In dem Moment weiß sie, dass sie allein in Hamburg in Marios Wohnung ist. Sie bleibt regungslos auf dem Sofa liegen. Bilder tauchen vor ihr auf. Bilder, die sie in den letzten Tagen im Fernsehen gesehen hat. Endlose Lichterketten, gebildet aus Kerzen, die Tausende von Menschen tragen. Demonstranten, die Transparente hochhalten: »Freie Wahlen ohne falsche Zahlen«, »Visa frei bis Hawaii«, »Wir wollen HIER leben und arbeiten. Sofort freie demokratische Wahlen«.

Sprechchöre rufen: »Wir sind das Volk«. Unbekannte sprechen in Mikrophone, fordern Unerhörtes, wofür sie noch Wochen vorher verhaftet worden wären.

Dazwischen immer wieder andere Bilder.

Alte Menschen, stumm vor dem Fernseher sitzend, dazwischen weiß gekleidete Schwestern, die über die Flure eilen. Riesige Supermärkte, schrille Boutiquen mit Diskomusik, Bettler sitzen vor den Einkaufspassagen. Einer hält ein Schild hoch: »Ich habe keine Wohnung«.

Es dreht sich alles vor Sabines Augen. Sie zieht sich die Decke über die Ohren. Nur nichts mehr hören. Sie bedeckt mit den Händen ihre Augen.

»Keine Bilder mehr«, ruft sie in die Stille.

Sabines Herz pocht. Angst überfällt sie. »Haben mich alle vergessen?«

Kein Laut ist zu hören. Es ist totenstill.

»Wo sind nur die Menschen? Sind sie alle verschwunden? Aber nein, ich bin ja nicht in Leipzig. Ich bin doch abgehauen. Warum eigentlich? Wegen Mutti. Wo ist sie eigentlich? Ach ja, sie ist mit ihrer Freundin nach München gefahren. Mit dem Bus. Sonderangebot. Typisch Westen. Sonderangebote, gibt es bei uns nicht. Und Vati, habe ich ihn ganz vergessen?«

Langsam steigen wieder Bilder auf. Sie kann sich ihrer nicht erwehren. Ihr Vater taucht in den Bildern auf. Mit hochgezogenen Schultern steht er im Buchladen. Resigniert überprüft er die Buchbestände. Dann sieht sie ihn zu Hause in seinem Sessel sitzen und lesen.

»Kein einziges Mal hat er mir geschrieben, auch nicht Mutti oder Mario«, denkt sie, »wenn wir ihn anrufen, legt er auf. Er ist sehr verbittert. Ob er mitdemonstriert? Wo jetzt die ganze DDR auf die Straße geht, da wird er sich wohl auch trauen. Soll ich Vati mal anrufen?«

Sabine knipst die Stehlampe an.

»Was, es ist schon dreiundzwanzig Uhr. Da rufe ich lieber morgen bei ihm an. Was soll ich jetzt machen? Ich bin ja putzmunter. Bin ich eigentlich abgehauen um hier mutterseelenallein herumzuhocken, und zwar jeden Abend? Das Leben geht an mir vorbei«, denkt sie und läuft in der Wohnung auf und ab.

In der Küche stehen die angebrochenen Joghurts.

»Nur übel ist mir davon geworden.«

Missmutig stellt sie die Becher in den Kühlschrank.

Das Telefon klingelt.

»Ich nehme lieber nicht ab. Gestern hat so ein Besoffener angerufen und wurde aufdringlich.«

Unheimlich ist Sabine das Telefongeläute aber doch.

»Zu Hause hatte ich nie Angst, aber hier ... Ich verschließe schnell noch die Eingangstür. Was bleibt mir anderes übrig, ich schalte den Fernseher an. Vielleicht gibt es noch einen schönen Film, bitte, nur keinen Krimi.«

Doch es kommt weder ein Liebesfilm noch ein Krimi. Die Nachrichtensendung beginnt.

»Mal sehen, wie viele bei uns wieder demonstriert oder aber in den Westen gemacht haben.« Sabine kuschelt sich gemütlich in den Sessel.

»Guten Abend, meine Damen und Herren. Die DDR öffnet die Grenzübergänge zur Bundesrepublik Deutschland. Um 18 Uhr 57 gab ein Politbüromitglied die Öffnung der Grenzen vor Journalisten bekannt. Genehmigungen für Reisen werden kurzfristig erteilt. Unverzüglich können Personen, die die DDR verlassen wollen, Visa für eine Ausreise bekommen. Seit Stunden strömen zehntausende Ost-Berliner nahezu unkontrolliert zu einem Besuch in den Westen der Stadt. Sie werden dort begeistert empfangen. Unvergessliche Szenen spielen sich an den Grenzübergängen ab. Am Brandenburger Tor verliert die Mauer vollends ihre Bedeutung. Menschen klettern ungehindert hinüber und herüber und spazieren durch das seit 1961 unzugängliche Tor.

Wir schalten nun um nach Berlin.«

Es folgen Bilder. Menschenmassen strömen von Ost nach West. Gefragt, ob sie im Westen bleiben wollen, antworten sie strahlend: »Nee, wir gehen nur auf ein Bier zum Kudamm, dann geht es wieder nach Hause.«

Viele weinen vor Glück oder vor Aufregung. Fassungslos stammeln sie »Wahnsinn, Wahnsinn«.

Sabine sitzt regungslos vor diesen Bildern. »Ich begreife es einfach nicht. Soll das jetzt für immer so sein?«

So, als ob der Kommentator Sabine verstanden hätte, betont er, dass sich die DDR-Regierung eine Zurücknahme der Reisefreiheit nicht leisten könne. Die Bevölkerung würde das nicht mehr hinnehmen.

»Ich habe wirklich die Geschichte verschlafen. Diese ausgeflippten Menschen, meine Landsleute, sie sind nicht wieder zu erkennen. Sie haben ja richtig Temperament«, kommentiert Sabine die Bilder.

Völlig gelähmt sitzt sie vor dem Fernseher.

Fremde Menschen tanzen miteinander, küssen Polizisten. Die Welt steht auf dem Kopf.

Lange nach Mitternacht, als auf allen Kanälen nur noch das Testbild erscheint, schaltet Sabine den Apparat aus.

»Jetzt habe ich den entscheidenden Augenblick in meinem Leben nur im Fernsehen erlebt.«

Traurig ist ihr bei diesem Gedanken zu Mute.

»Wahrscheinlich hat Mutti versucht mich anzurufen, oder Mario, und ich Idiot nehme nicht ab. Und wenn es Thomas war, der angerufen hat? Nicht auszudenken. Wo er jetzt wohl steckt? Sicher ist er mit anderen nach Berlin gefahren. Vielleicht kommt er nach Hamburg? Ich bleibe jedenfalls auf. Irgendeiner muss sich ja melden.« Sie kuschelt sich in ihre Decke. Tränen laufen über ihr Gesicht.

»Thomas, komm doch. Bring Julchen mit und Renate und Karin. Ich habe solche Sehnsucht nach euch. Auch nach dir, Vati. Lass uns doch alle wieder zusammen sein!«

16

Sabine steht am Fenster. Sie wartet. Worauf? Sie weiß es nicht. Oder doch?

Sie öffnet das Fenster, späht auf die Straße. Niemand ist zu sehen. Wen erwartet sie? Resigniert schließt sie das Fenster. Es wird langsam dunkel.

Sabine hat den ganzen Tag die Wohnung nicht verlassen. Bei der Arbeit hat sie sich krankgemeldet. Maria war am Apparat. »An so einem Tag ist man doch nicht krank«, hat sie lachend gesagt, »freust du dich denn nicht?«

»Doch«, hat sie leise geantwortet, »aber begreifen kann ich es noch nicht. Nie durften wir raus und jetzt soll das anders werden. Für immer. Ich kann es nicht fassen. Wenn ich das geahnt hätte, wäre ich doch nie weggegangen.«

Darüber grübelt Sabine den ganzen Tag nach. Das Weggehen, alles hinter sich lassen, ist es umsonst gewesen?

Als heute Morgen ihre Mutter aus München anrief, hat sie gleich verstanden, warum Sabine so traurig war. Sie versuchte sie zu trösten: »Du kannst dich doch jetzt wirklich entscheiden, wo du leben willst. In Hamburg oder in Leipzig.«

»Oder auf dem Mond«, kam es trotzig zurück. Da mussten beide lachen.

Mario rief kurz danach an. Natürlich aus Berlin. Er war ganz aufgeregt und erzählte, dass er von West- nach Ost-Berlin gegangen sei und dann von Ost- nach West-Berlin zurück. Mit Sekt wären alle empfangen worden. Auf die Mauer ist er auch geklettert.

»Ich war ganz erstaunt, wie breit die oben ist. Ich bring dir ein Stückchen von der Mauer mit, ein ganz buntes.«

»Es könnte doch sein«, überlegt Sabine, »dass Thomas nach Hamburg kommt, und zwar heute.« Dieser Gedanke verfolgt sie schon seit Stunden.

»Wie viel Uhr haben wir, halb sechs. Vielleicht sollte ich noch etwas einkaufen, für den Fall, dass er kommt. Egal, auch wenn er nicht kommt. Ich muss mich jedenfalls beeilen.«

Im Supermarkt weiß Sabine heute genau, was sie will: Spaghetti, Tomatensoße, Schokolade, Obst. Zufälligerweise sind es alles Dinge, die Thomas mag.

»Man kann ja nie wissen«, murmelt sie vor sich hin.

Etwas irritiert sie aber doch. Die Menschen, die im Supermarkt einkaufen, verhalten sich heute genauso wie gestern. Sabine möchte der Verkäuferin an der Kasse zurufen: »Die Grenze ist auf!«

Aber wenn sie in ihr gleichgültiges Gesicht sieht, vergeht ihr der Gedanke schnell. Sabine steht ungeduldig an der Kasse. Da hört sie, wie sich zwei junge Frauen über den gestrigen Abend unterhalten.

»Also, gefreut haben sich die, das war ja richtig rührend. Aber, wer weiß, was noch alles auf uns zukommt, wenn die jetzt alle zu uns rüber können. Das wird uns ganz schön was kosten. Bei meinem Vater hat sich plötzlich ein Cousin aus Suhl gemeldet.«

Schwer bepackt geht Sabine gedankenverloren nach Hause.

»Diese Bundis, immer haben sie was zu meckern. Und die Angst, dass man ihnen etwas wegnehmen könnte. Sie haben ja wirklich reichlich von allem.«

Wütend stapft sie die Treppen hoch.

»Verdammt, wo habe ich nur meine Schlüssel?«, ruft sie in die Stille.

»Darf ich Ihnen helfen, junge Frau?«

Sabine zuckt zusammen, dreht sich um und guckt in das lachende Gesicht von Thomas. Auf der oberen Treppe sitzen Karin und Renate. Sie winken ihr zu.

»Nur Julchen fehlt«, sagt Sabine tonlos und fällt Thomas schluchzend um den Hals.

Es wird ein wunderschöner Abend. Wie früher diskutieren sie pausenlos. Die völlig neue politische Situation hat ihre Phantasie beflügelt. Sie schmieden Pläne grenzübergreifend. So unbeschwert sind die drei – wie noch nie. Nichts scheint mehr unmöglich.

Irgendwann bekommen sie schrecklichen Hunger. Berge von Spaghetti werden gekocht, anschließend trinken sie Sekt. Sabine hat die Flasche von einer Heimbewohnerin geschenkt bekommen: »Für einen besonderen Anlass«.

Den Sektkorken haben sie am geöffneten Fenster in die dunkle Nacht knallen lassen. Sie trinken auf ihre Freundschaft, sie soll ewig halten.

Dann hat Thomas noch die verrückte Idee zum Hafen zu fahren. »Da will ich hin, zu den Landungsbrücken. An die Stelle, von der aus die Fähre nach England geht. Weißt du noch, Sabine? In einem deiner ersten Briefe hast du mir ein Foto geschickt, da stehst du am Hafen und im Hintergrund ist die Englandfähre zu sehen. Da war ich doch ganz schön neidisch.«

Lange stehen sie an den Landungsbrücken und hängen ihren Gedanken nach.

Thomas durchbricht die Stille. »Ich habe eine wunderbare Idee. Ab heute sparen wir für eine Reise mit der Fähre nach England. Das geht doch jetzt alles.«

Thomas guckt seine drei Freundinnen strahlend an. »Habt ihr keine Lust?«

»Jetzt hebt er völlig ab.« Renate tippt sich an die Stirn, »Vielleicht ist schon morgen die Grenze wieder dicht.«

»Nee, das geht nicht, nur mit Gewalt.« Karin schüttelt entschieden den Kopf.

»Na, seht ihr. In einem Jahr treffen wir uns hier an dieser Stelle und dann, auf nach England.«

»Mit Russisch kommst du da aber nicht weit«, lacht Sabine. Mit dem Gefühl, die Welt gehört ihnen, fahren die vier Freunde nach Hause.

Es ist lange nach Mitternacht, als sie todmüde, aber glücklich einschlafen. Thomas im Sessel. Karin auf der Couch. Renate und Sabine im Bett in der Küche. Am nächsten Tag trampen die drei zurück nach Leipzig. Ein wenig neidisch ist Sabine. Vor allem Thomas kann es kaum erwarten heimzukehren.

»Mal sehen, was sich jetzt alles verändert. Vielleicht kommst du wieder zurück?«, sagt er zum Abschied.

Damit ist für Sabine klar, dass Thomas nicht nach Hamburg kommen will.

17

Leipzig im Herbst 1989

Liebe Sabine,
natürlich wollte ich dir gleich nach unserem
Hamburg-Ausflug schreiben. Aber die Ereignisse
haben mich so überrollt, dass ich jegliches Zeit-
gefühl verloren habe.
Ich glaube, für uns alle hier hat eine neue Zeitrech-
nung angefangen: vor dem 9. November und nach
dem 9. November.
Zum Glück habe ich regelmäßig Tagebuch geführt.
Jetzt, beim Durchlesen, kommt mir vieles schon
überholt vor.
Ach, Sabine, wenn du unsere Lehrer erleben
würdest! Sie haben richtig Angst vor ihren
Schülern, jedenfalls einige. Stell dir vor, nach
dem 9. November haben fast alle aus unserer
Klasse ein paar Tage geschwänzt. Keiner hat etwas
gesagt. Ob die nun in den Westen sind oder nicht.
Schule gab es einfach nicht für uns. Auch der
Liebling aller Lehrer, unser superüberzeugter
FDJ-Funktionär Klaus, hat gleich eine Woche blau-
gemacht. Als er wieder in die Klasse kam, waren
wir alle sprachlos. Aus unserem blassen, stets langweilig gekleideten Klaus ist ein echter Bundi
geworden. Lederhose, schrilles Hemd, schwarze
Schuhe mit Silberschnalle. »Das ist jetzt der
Trend«, war sein Kommentar. Klaus hat plötzlich
eine ältere Schwester in Köln. Sie hat ihn eine
Woche verwöhnt. Nie hat er von seiner Schwester
im Westen geredet, hat sich immer über die anderen mokiert, die Pakete von drüben bekamen.

Ich komme aus dem Staunen nicht heraus, wer plötzlich alles Westkontakte hat. Bei manchen habe ich allerdings das Gefühl, sie kramen noch die entfernteste Tante aus um mit Westverwandtschaft anzugeben. Unser Klaus ist also der erste Wendehals, den ich kennen gelernt habe.

Das hat ihm aber alles nichts genutzt. Ich wurde zum Klassensprecher gewählt, nicht er. Wir haben geheim abgestimmt. Wenn man bedenkt, dass wir nie einen Klassensprecher hatten, dafür ging das alles ganz schön schnell.

Den Klassenraum haben wir auch verändert. Das Honecker*-Bild kam auf den Müll, einige von uns haben sogar ihre Schulbücher verbrannt. Die Sitzordnung wurde verändert. Wir sitzen uns jetzt im Kreis gegenüber. Die vergammelten Klassenwände haben wir mit Postern geschmückt. Unsere Wandzeitung vertritt jetzt nicht mehr nur eine, nämlich die richtige Meinung, sondern ganz unterschiedliche. Eine einzige Wahrheit soll es für uns nicht mehr geben. Jedenfalls hat sich das unsere Klasse geschworen.

Mit unseren Lehrern ist es schon komisch, keiner will es gewesen sein. Sie sind total verunsichert und wissen nicht, was sie jetzt unterrichten sollen. Ständig werden wir nach unserer Meinung gefragt. Das ist ganz schön anstrengend. Früher waren sie froh, wenn wir den Mund gehalten haben, jetzt sollen wir alles kritisch betrachten. Trotzdem habe ich das komische Gefühl, alle Fragen sind nicht erlaubt. Zum Beispiel, warum unsere Lehrer in

* Ehemaliger Staatsratsvorsitzender der DDR.

99

Staatsbürgerkunde – ist übrigens abgeschafft worden – uns Lügen als Wahrheiten aufgetischt haben. Jetzt will es keiner gewesen sein.

Die neu gewählte Schulkonferenz von Lehrern, Eltern und Schülern hat unseren Direktor abgesetzt. Er ist von allen kritisiert worden, weil er vor einem halben Jahr zwei Schüler von unserer Schule entfernt hat. Sie hatten Flugblätter verteilt, die die militärischen Übungen in der Schule anprangerten. Morgen wird ein neuer Direktor gewählt. Wir haben uns auf Hofmann geeinigt. Er war mal kurz bei uns an der Schule, wurde aber bald versetzt, weil er zu aufmüpfig war.

Wir haben noch mehr erreicht. Kein Schüler wird mehr beim Fahnenappell* stramm stehen. Der Appell wurde einfach abgeschafft, ebenfalls der Wehrkundeunterricht**. Mit Waffen hantieren und im Matsch herumrobben, damit ist es vorbei. Handgranatenattrappen werfen oder Schießübungen mit dem Luftgewehr im Sportunterricht sind ebenfalls verboten. Nun versuchen wir neue Schulbücher zu bekommen. Stell dir vor, Schüler bringen Unterrichts-

---

* Fahnenappell: Die Schulen hielten ihn meist jeden Monat einmal ab (Ordnungsappell). Zu feierlichen Anlässen, Jahrestagen der DDR, der Pioniere und der FDJ, zum Tag der Befreiung vom Hitlerfaschismus am 8. Mai und zum 1. Mai wurden Fahnenappelle veranstaltet, bei denen alle Schüler in Reih und Glied antraten: In ihrer Mitte wurde die Fahne gehisst.

** Wehrkundeunterricht: Ein Unterrichtsfach ab der 9. Klasse. Er sollte die Jungen auf den Armeedienst und die Mädchen für den Zivildienst vorbereiten. Dazu gehörten vier Unterrichtsstunden im Monat und vormilitärische Ausbildung in Lagern durch Offiziere der Nationalen Volksarmee.

bücher aus dem Westen mit und die Lehrer benutzen sie auch wirklich. Ja, sie freuen sich direkt darüber. Also, mir geht das ein bisschen zu schnell. Bei den Montagsdemonstrationen bin ich noch immer dabei, gemeinsam mit Julchen. Sie hält entweder ein selbst gemaltes Pappschild »Für saubere Luft« oder »Keine Samstag-Schule« in der Hand. Gestern Morgen dachte ich, mich trifft der Schlag. Julchen erschien in folgender Aufmachung zum Frühstück: Das Pioniertuch hatte sie in Fransen geschnitten, darauf handgeschrieben lauter Namen von Popstars. Darunter trug sie ihre ehemals weiße Pionierbluse, jetzt bemalt mit schwarzen Totenköpfen und Kreuzen. Angeblich hatte die ganze Klasse vor so in die Schule zu gehen, um dann gemeinsam bei den Jungen Pionieren auszutreten. Julchen hat es durchgesetzt – trotz Omas Widerstand –, in dieser Aufmachung quer durch die ganze Stadt zur Schule zu gehen. Opa hat bei ihrem Anblick so gelacht, dass meine Mutter schon dachte, er hört nie wieder auf.

Übrigens hat sich meine Mutter sehr verändert. Sie lebt richtig auf. Gestern hat sie mir gestanden, dass sie Vati Unrecht getan hat. Sie wollte ihn zu einer Karriere zwingen, die er nicht wollte. Sie hat sogar vor ihm zu schreiben. Sie meinte, vielleicht könnten wir Vati mal besuchen. Also, die Welt steht Kopf. Liebe Sabine, sei für heute gegrüßt von Thomas, dem ersten Klassensprecher von Leipzig.

Wann kommst du?

18

»Mario, kannst du nicht mal etwas anderes anziehen, ewig die vergammelten Jeans. An so einem Tag.«

Sabine rennt von der Küche ins Wohnzimmer und zurück. Mario brummt vor sich hin, verzieht sich aber ins Bad.

»Bist du auch so aufgeregt?«, fragt Sabine etwas später ihren Bruder, »wenn er nun nicht kommt?«

»Glaube ich nicht, er lässt Mutti doch nicht umsonst am Bahnhof warten. Jetzt beruhige dich endlich, Vati ist doch kein Unmensch.«

»Wo er uns doch nie geschrieben hat.«

»Nun kommt er eben selbst. Ist doch jetzt alles möglich. Anstatt dich zu freuen, moserst du herum.«

Nach einer halben Stunde wird aber auch Mario unruhig.

»Sie müssten doch längst da sein. Komm, wir essen schon mal ein Stück Kuchen.« Mario bedient sich.

»Vielleicht haben die beiden sich schon am Bahnhof verkracht und Vati ist gleich wieder abgefahren. Wo er doch so sauer auf uns ist.«

Als es endlich nach zwei Stunden stürmisch an der Haustür klingelt, können es Sabine und Mario kaum noch glauben. Der liebevoll gedeckte Kaffeetisch ist schon leicht ramponiert. Die Torte ist angeschnitten, Kuchenreste liegen auf der Tischdecke, die Kerzen sind abgebrannt, der Kaffee endgültig kalt.

Langsam geht Sabine zur Tür. »Nur nicht glauben, dass es die Eltern sind. Keine Enttäuschung mehr.« Als Sabine die Tür aufschließt, steht sie ihren strahlenden Eltern gegenüber.

»Da sind wir.« Frau Dehnert übersieht das gekränkte Gesicht ihrer Tochter. »Wir sind richtig durchgefroren. Gibt es etwas Heißes zu trinken?«

Ohne eine Antwort abzuwarten schiebt sie ihren Mann in das Wohnzimmer.

»Guten Tag, Mario.« Herr Dehnert wirkt verlegen.

Da platzt Sabine der Kragen.

»Wir warten seit Stunden auf euch. Könntet ihr uns freundlicherweise mal erklären, was los ist?«

»Sabine, nicht in so einem Ton.« Frau Dehnert wirkt plötzlich nervös.

»Der Zug hatte Verspätung. Es wollen doch jetzt alle in den Westen reisen«, beruhigt Herr Dehnert seine Tochter.

»Erst mal mache ich frischen Kaffee«, sagt Mario. »Der hier ist nämlich inzwischen kalt geworden.«

»Warte, Mario«, sagt Vater Dehnert leise, »erst mal möchte ich euch sagen, wie froh ich bin bei euch zu sein.«

Sabine schluckt ihr »du hättest ja mal schreiben können« herunter. Sie spürt, wie bewegt ihr Vater ist.

Noch ein wenig verkrampft wirkt die Atmosphäre, als sie sich endlich an den Kaffeetisch setzen. Es mag so recht kein Gesprächsthema aufkommen.

Herr Dehnert schiebt seinen Teller beiseite.

»Ich glaube, ich bin euch eine Erklärung schuldig. Sicherlich war mein langes Schweigen für euch eine Belastung, aber euer Weggang war es nicht minder. Damals konnte ich das alles nicht verstehen. Vielleicht noch am ehesten bei Mario, mit Mutti war es ja besprochen, am wenigsten bei Sabine. Ich wollte nicht einsehen, dass es auf der anderen Seite der Grenze für euch ein erstrebenswerteres Leben gab. Als ihr nacheinander weggingt, hatte ich Angst vor dem Gerede der Nachbarn, Kollegen, Freunde. Ich glaubte, dass sie mich verachten, weil ich die Familie nicht zusammenhalten konnte.« Herr Dehnert räuspert sich. Seine Stimme klingt belegt. Langsam schenkt er sich eine Tasse Kaffee ein, trinkt bedächtig einen Schluck, stellt die Tasse zurück und schweigt.

Frau Dehnert wird unruhig. »Nun rede doch bitte weiter.«

»Ja, also. Es war wirklich so, ich hatte mich in den Menschen um mich herum getäuscht. Niemand kritisierte mich, im Gegenteil. Es gab fast keinen unter ihnen, der sich in den letzten Monaten nicht gefragt hatte, ob er nicht auch unser Land verlassen soll. Ein Kollege fragte mich, ob Eltern überhaupt das Recht hätten ihre Kinder von der Flucht abzuhalten. Wir alle wüssten doch genau, dass sie bei uns so wenig Chancen haben, ihr Leben unabhängig von allen staatlichen Zwängen zu gestalten. Haben wir nicht unsere Kinder dazu gezwungen, Dinge zu akzeptieren, die sie mit Recht nicht eingehen wollten? Haben wir sie nicht überredet sich anzupassen, nicht aufzufallen, zur Armee zu gehen, ein ungeliebtes Fach zu studieren? Haben wir nicht geschwiegen, als sie fragten, warum wir in den Ferien immer an die Ostsee, aber nie an die Nordsee fuhren?«

»Wenn wir wenigstens mal einen Ferienplatz an der Ostsee ergattert hätten«, ruft Frau Dehnert dazwischen.

»Mutti, Vati meint es doch nur symbolisch«, wirft Sabine ein.

»Nun unterbrecht mich doch nicht ständig«, sagt Herr Dehnert. »Mein Kollege meinte, dass er verstehen könne, warum seine Kinder geflüchtet sind. Er mache sich nur Vorwürfe, dass es überhaupt so weit kommen musste.

Verdanken wir nicht unseren Kindern die Freiheit, die jetzt durch die Öffnung der Grenze entstanden ist?« Herr Dehnert sieht Mario und Sabine an.

»Ich habe lange über dieses Gespräch mit meinem Kollegen nachgedacht. Hätten nicht hunderttausende von jungen Leuten unser Land verlassen, sodass man annehmen musste, dass der Flüchtlingsstrom nie versiegen wird, ich bin sicher, die Grenzen wären nicht geöffnet worden. Diese Massenflucht hat unser Land ausgeblutet. Um dem ein Ende zu setzen wurde den DDR-Bürgern die Reisefreiheit zugestanden. Wenn man eine Katastrophe verhindern wollte, musste etwas Entscheidendes passieren. Panzer einzusetzen, um die Menschen an der Flucht zu hindern, das war nicht möglich. Die Menschen waren entschlossen, so nicht mehr weiterzuleben, dass sie keine Macht zurückgehalten hätte.«

»Du meinst, unsere Flucht ist nicht umsonst gewesen? Dann war ja doch nicht alles vergebens?« Seufzend lehnt sich Mario zurück. »Ich habe mich oft gefragt, ob mich nicht alle verachten, weil ich abgehauen bin. Ich hatte Angst, dass sie denken, der hat sich einfach verdrückt.«

»Genau«, stimmt Sabine ihrem Bruder zu, »und ich weiß heute immer noch nicht, wohin ich gehöre. Meine Heimatstadt ist Leipzig. Hamburg war bis vor kurzem für mich noch Ausland. Jetzt lebe ich in Hamburg und fühle mich gespalten. An einem Tag denke ich, es ist egal, wo ich lebe, Hauptsache, ich fühle mich wohl. Am nächsten Tag würde ich am liebsten in den ersten Zug nach Leipzig einsteigen und dort bleiben. Am dritten Tag wiederum denke ich, dass ich nie wieder zurückgehen werde, da ich das Eingesperrtsein nicht mehr ertragen könnte. Doch jetzt, wo die Grenze auf ist, weiß ich nicht mehr, was ich will.

Mein erster Gedanke war, du gehst sofort wieder zurück. Doch dann kam der Brief mit meiner Zulassung für das Psychologiestudium, da habe ich mich wahnsinnig gefreut. Nun weiß ich gar nicht mehr, was ich will.«

»Fragen wir doch mal Mutti, wo sie jetzt wohnen will?« Herr Dehnert sieht seine Frau fragend an.

»Bei meiner Familie«, antwortet sie diplomatisch.

Sabine findet, dass es sich ihre Mutter etwas zu einfach macht. Sichtlich drückt sie sich vor einer Entscheidung.

»Wenn sie zurückkehrt, vielleicht würde ich dann auch gehen. Aber nein, wieder zurück zu den Eltern, das ist sicher schwierig«, überlegt Sabine.

»Ich habe mir gedacht«, Frau Dehnert stellt ihre Kaffeetasse energisch auf den Tisch, »ich mache im Sommer noch eine große Mittelmeerreise und dann . . .«

»Dann könntest du eigentlich nach Leipzig zurückkommen«, fällt Herr Dehnert seiner Frau ins Wort, »reisen kannst du jetzt auch von uns aus.«

»Ja, aber die Kinder, die brauchen mich doch, oder?«

Mario und Sabine schweigen. Ihre Mutter muss doch merken, dass sie mittlerweile ganz gut alleine zurechtkommen.

»Christa, die Kinder sind doch völlig selbstständig geworden. Nun lass sie mal ihren Weg gehen. Ich glaube, wir beide müssen lernen, dass unsere Kinder erwachsen werden.«

»Ich weiß nicht.« Unschlüssig guckt Frau Dehnert ihre Kinder an, die verlegen lächelnd auf der Couch sitzen.

»Findest du es denn so entsetzlich, mit mir zusammenzuleben? Schließlich ging es doch früher ganz gut«; zärtlich legt Herr Dehnert den Arm um seine Frau. »Die Wohnung ist ganz leer ohne dich. Könnt ihr euch eigentlich vorstellen eines Tages wieder in Leipzig zu leben?« Herr Dehnert sieht seine Kinder fragend an.

»Na, mal sehen«, murmelt Mario, »man hat ja mittlerweile gewisse Ansprüche. Noch ist es mir drüben zu rückständig.«

»Nun mach mal halblang, was meinst du denn damit?« Herr Dehnert guckt seinen Sohn irritiert an.

»Was kann ich denn drüben machen? Es ist mir einfach zu langweilig in Leipzig. Die Leute hier sind lockerer.«

»Lockerer, wenn das alles ist«, unterbricht Herr Dehnert seinen Sohn.

»Na ja, eben freier. Die haben hier was gesehen von der Welt, sind informiert, nicht so spießig wie die drüben. Ich schäme mich doch richtig, wenn ich unsere Leute in Hamburg herumlaufen sehe, bepackt mit Plastiktüten. Sie kaufen alles, finden alles toll und haben von nichts eine Ahnung.«

»Wie sprichst du von uns?«, empört sich Frau Dehnert, »du hast uns nur ein paar Wochen Westen voraus, vergiss das nicht. So lernfähig wie du sind andere auch.«

»Jetzt sei doch nicht eingeschnappt«, beschwichtigt Sabine ihre Mutter, »ich kann Mario verstehen. Für Jugendliche ist es doch drüben langweilig. Schule, Studium, Arbeit, weiter nichts.«

Herr Dehnert wird ungehalten. »Ich finde, du bist ungerecht. Ich hatte nicht das Gefühl, dass du dich bei uns ständig gelangweilt hast.«

»Nein. Aber ich kann mir jetzt nicht mehr vorstellen in Leipzig zu leben. Da kenne ich doch alles.«

»Vor zwei Minuten hast du noch gesagt, du wüsstest nicht, wo du leben sollst. Außerdem hat sich bei uns seit dem 9. November schon einiges verändert. Ihr beide solltet wirklich bald zurückkommen. Hier braucht euch doch keiner. Aber bei uns, da werdet ihr gebraucht. Jetzt haben wir doch die Chance etwas Neues aufzubauen. Aber wenn die Menschen fehlen ...«

Das Telefon klingelt. Sabine hebt ab. Es ist Maria.

»Hallo, kommst du mit ins Kino? Mein Bruder geht mit, anschließend führt er uns in eine neue Diskothek.«

Maria ist über Sabines Absage zwar enttäuscht, trotzdem sagt sie: »Ist doch toll, dass ihr wieder zusammen seid. Du hast es dir doch so gewünscht. Sag mal, was ich dich schon lange fragen wollte, willst du mir nicht mal Leipzig zeigen?«

»Ich weiß nicht recht, ob es dir dort gefallen würde.«

»Wieso? Na, dann zeige ich dir im Sommer auch nicht Volos, meine Heimatstadt. Wer weiß, ob es dir dort gefällt.«

»Das ist Erpressung!« Sabine muss lachen. Wie unkompliziert Maria ist, locker, würde Mario sagen. Was sagt Maria immer: »Ihr Deutschen seid meistens so ernst, nie lustig oder spontan.«

»Ach, du Schreck, wenn Maria nach Leipzig kommt, da laufen ja alle mit noch muffigeren Gesichtern als hier herum. Ob sie sich da wohl fühlt?«

19

»In einer Stunde sind wir in Leipzig.«

»Endlich«, antwortet Maria. Sie streckt sich auf der Sitzbank aus und gähnt. »Wurde aber auch Zeit.«

»Früher hättest du länger gebraucht. Man wurde an der Grenze stundenlang gefilzt.«

»Kenne ich doch, wegen Schmuggelei. Wie in Griechenland.«

»Weißt du, was mich an euch Wessis so wahnsinnig nervt? Ihr habt keine Ahnung von der DDR, aber immer eine passende Antwort auf den Lippen. Alles meint ihr besser zu wissen. Diese Grenze durfte ich zum Beispiel nie betreten. Wenn ich versucht hätte illegal die Grenze zu überqueren, wäre ich in Bautzen* gelandet. Wie oft habe ich sehnsüchtig den Zügen, die in den Westen fuhren, hinterher gesehen. Steig doch einfach ein, habe ich mir gesagt. Sollen sie dich doch an der Grenze rausschmeißen. Weißt du überhaupt, dass wir keine eigenen Reisepässe hatten?«

Sie spricht lauter, weil sie das Gefühl hat, Maria hört ihr gar nicht zu.

»Sabine, weißt du, was mich stört?« Marias Stimme hat einen leicht beleidigten Ton. »Dass du immer ›wir‹ sagst und die DDR meinst. Du lebst nicht mehr in diesem Land. Vielleicht gibt es die DDR schon bald nicht mehr. Es sieht doch so aus, als ob die Grenzen endgültig fallen werden, da musst du

* Gefängnis in der ehemaligen DDR.

doch die Grenze nicht noch künstlich aufrechterhalten.«

Schweigend guckt Sabine aus dem Fenster. Die ersten Vororte von Leipzig sind zu sehen.

»Wie ärmlich hier alles aussieht. Ich hatte es vergessen. So grau, aber auch sehr vertraut«, denkt Sabine ein wenig bedrückt. »Wie lange habe ich gebraucht zurückzukehren, wenn auch nur zu Besuch. Gleich im November wollte ich fahren, jetzt haben wir schon Frühling. Thomas, Renate und Karin waren oft in Hamburg, aber ich konnte mich nicht entschließen zu fahren. Wenn ich ehrlich bin, hatte ich immer weniger Lust zurückzufahren. Aber warum? Was jetzt alles herauskommt. Diese Bespitzelungen, die es überall gab, die persönlichen Bereicherungen.

Keiner will es gewesen sein, alle waren sie nur Opfer. Warum steht keiner zu dem, was er getan hat? Ich möchte nicht wissen, was unsere Frau Müller erzählt, wahrscheinlich hat man sie zu allem gezwungen.

Wie oft habe ich in letzter Zeit an Tante Gretchen gedacht, meine Patentante aus Dresden. Als ich klein war, hat sie mir immer von ihrer großen Liebe in Köln erzählt. Wie gerne hätte sie ihn mal besucht. Aber sie durfte ja nicht. Auf den Fotos hatte er eine tolle Uniform an, wie ein Prinz. Als ich größer war, stellte ich fest, dass er ein Karnevalsprinz war. Nun ist es für einen Besuch zu spät. Tante Gretchen ist plötzlich im letzten Jahr gestorben, ohne ihren Prinzen wieder gesehen zu haben. Wie hätte sie sich über die Grenzöffnung gefreut.«

Ganz in Gedanken sieht Sabine aus dem Fenster.

»Sieht ja ein bisschen trist hier aus«, mault Maria.

»Bahnhofsgegenden sehen immer so aus. Mecker bloß nicht an allem herum. Wir müssen gleich aussteigen.«

Maria schaut aus dem Fenster. Plötzlich winkt sie.
»Huhu, Thomas. Er ist da«, verkündet sie strahlend.

»Es war nicht zu überhören«, antwortet Sabine spitz.

Da wird sie stürmisch von Maria gedrückt. »Komm, sei nicht sauer. Wir machen uns ein paar schöne Tage in deinem Leipzig.«

Thomas überreicht strahlend Maria und Sabine einen Blumenstrauß.

»Blumen gab es früher nicht.« Sabine ist immer noch verstimmt.

»Wer meckert denn hier?«, fährt Maria sie an.

»Hätte ich die bloß nicht mitgenommen. Sie begreift doch gar nichts«, denkt Sabine erbost. Sie bleibt erschrocken stehen. »Thomas, Wahlplakate für die SPD. Das ist doch verboten.«

»Guck mal.« Thomas zieht einige Zeitschriften aus seiner Tasche. »Ich habe sogar die ›Bravo‹ für Julchen gekauft, den ›Spiegel‹ für Opa und die Fernsehzeitschrift mit allen Westprogrammen für Mutti.«

Sabine lächelt verlegen.

»Ich habe dir auch eine Menge nicht erlaubter Sachen mitgebracht. Alle Bücher, die auf deiner Liste standen und früher bei uns verboten waren, und die neuesten Comics. Mensch, Thomas, kneif mich. Es ist so toll, dass ich hier bin.«

»Endlich machst du mal ein anderes Gesicht.« Maria hakt sich bei den beiden unter. »Im Zug warst du nicht auszuhalten. Jetzt habe ich Hunger. Da drüben gibt es Hamburger. Beeilt euch, sonst sterbe ich vor Hunger.«

Sabine und Thomas gucken sich an und lachen. Hamburger in Leipzig, das ist ja doppelt komisch.

»Schlange stehen, daran hat sich nichts geändert«,

seufzt Sabine, als sie endlich an der Reihe sind, »wohin gehen wir eigentlich? Mein Vater ist noch nicht zu Hause.«

»Wir können ja ins Eiscafé Pinguin gehen und eine ›Blaue Stunde‹ trinken.«

Sabine verschluckt sich vor Lachen an ihrem Hamburger. Maria guckt verständnislos. Thomas torkelt vor den beiden Mädchen hin und her und stöhnt: »Mir ist so schwindelig, mir ist so schlecht.«

Thomas schwankt so täuschend echt, dass eine ältere Frau ihnen kopfschüttelnd nachschaut.

Jetzt sind die hier durchgeknallt, denkt Maria.

Sie bummeln durch die Stadt. Sabine bemerkt sofort die Reklame. Coca-Cola scheint es überall zu geben. Videoläden, politische Plakate und Reklame für Filme, von denen sie nie gedacht hätte, dass die einmal in Leipzig gespielt würden.

»Bundi go home« steht an der Fassade einer westdeutschen Bank. Sabine kommen die großen gemalten Buchstaben bedrohlich vor. »Ob die auch mich damit meinen?«

Thomas unterbricht ihre Gedanken. »Weißt du, was überhaupt das Wahnsinnigste ist? Siehst du dahinten die Stasi-Kantine? Sie ist zu einer riesigen Disko mit allen Schikanen umgebaut worden.«

»Stasi, was ist denn das für eine Firma*?«, fragt Maria gelangweilt. Sabine und Thomas gucken sich verdutzt an und prusten los. Maria sieht die beiden verständnislos an.

In den nächsten Tagen kommt Sabine kaum zur Besinnung, denn Thomas hat fast jede Stunde verplant. Alle Neuerungen will er ihr zeigen.

---

* »Stasi«: Umgangssprache für Staatssicherheitsdienst.

Am letzten Tag streikt sie. Der Tag soll ihr allein gehören. Sabine braucht Zeit zum Nachdenken. Sie ist zu Hause, in ihrem Zimmer. Es sieht alles noch genauso aus, wie sie es vor neun Monaten verlassen hat. Sabine überlegt, was sie mit nach Hamburg nehmen soll, so viele Dinge hat sie zurückgelassen. Nach Hamburg. Sie hat lange gegrübelt. Soll sie in Leipzig bleiben oder zurückfahren?

»Muss ich nicht sogar hier bleiben? Meinem Land helfen, gerade jetzt? Es gibt doch sinnvollere Aufgaben als in Hamburg Psychologie zu studieren.« Sabine überlegt hin und her.

Doch Leipzig ist ihr schon ein wenig fremd geworden. Sie fühlt sich nicht mehr so selbstverständlich dazugehörig, wie sie geglaubt hat. Viele Freunde sind ebenfalls im Westen, zurückkehren wollen sie nicht. Eine Verpflichtung ihrem Land gegenüber empfinden sie nicht.

»Beim Aufbau helfen«, denkt Sabine, »habe ich das nicht früher bis zum Überdruss gehört? Warum soll ich jetzt nicht mal an mich denken? Überhaupt, sie hätten mich ja damals studieren lassen können, was ich wollte. Wenn sich schon so viel verändert hat, dann will ich auch selbst entscheiden können, wo ich lebe und was ich studiere.« Sabine kramt ganz in Gedanken in ihrer Erinnerungskiste.

»Das FDJ-Abzeichen kann ich wohl wegschmeißen, aber meine Sportauszeichnungen behalte ich. Wenn ich hier bliebe, wäre alles schwieriger. Karin weiß zum Beispiel nicht, was sie studieren soll. Sie war für Jura vorgesehen, jetzt ist das Fach erst mal abgeschafft worden. Keiner weiß so recht, wie es weitergehen soll.«

Sabine hat ihre Freunde kritisiert, dass sie so wenig Fantasie entwickeln. Sie hat das Gefühl, dass sie immer noch darauf warten, dass man ihnen sagt, was sie tun sollen. »Arrogante West-Tussi!«, hat Renate sie angebrüllt.

Sie konnte sich gar nicht wieder beruhigen.

»Weißt du, wie man euch nennt?«, hat Renate sie zornig gefragt. »Besserwessis.«

Sabine sah ihre Freundin sprachlos an.

»Na ja, entschuldige. Du bist nicht gemeint, aber die anderen von drüben. Mir reicht es allmählich. Vor dem 9. November durfte ich nicht studieren, was ich wollte. Nach dem 9. November kann ich nicht studieren, weil ich Geld verdienen muss. Mein Vater ist arbeitslos und meine Mutter befürchtet, dass sie entlassen wird. Da muss ich mitverdienen. Unsere Spanienreise können wir wohl in den Wind schreiben. Mein Vater ist gestern richtig wütend geworden, als im Westfernsehen einer von euch sagte, die Leute aus der DDR sind eben nicht gewohnt zu arbeiten. Da hat mein Vater gebrüllt: ›Mit euren supermodernen Westmaschinen hätten wir auch ranklotzen können!‹«

Sabine schließt die Kiste wieder zu. »Die Sachen können hier bleiben. Ich werde ja häufig Vati besuchen, da kann ich mir immer noch überlegen, was ich mitnehme. Zum Glück hat sich mein Verhältnis zu Vati wesentlich gebessert. Seit ich die Geschichte mit seinem verweigerten Parteieintritt kenne, bewundere ich ihn direkt. Vielleicht sollte ich ihm das einmal sagen.«

Als abends Thomas vorbeikommt, sind die beiden gleich wieder beim Thema DDR. »Weißt du, Sabine, bisher war unser Leben vorausbestimmt. Wir mussten uns um nichts kümmern. Nicht um einen Studienplatz oder ein Zimmer im Studentenheim. Das Studium war wie eine verlängerte Schulzeit, alles war vorgeschrieben. Anschließend hatte man seinen festen Arbeitsplatz. Entscheidungen wurden für einen getroffen. Und jetzt? Ich habe das Gefühl, als ob ich eine lange gerade Straße entlanglaufe und plötzlich tauchen überall Querstraßen auf. Diese kann ich zwar benutzen, doch ich weiß nicht, wohin sie führen. Vielleicht ist es eine Sackgasse. Ich fühle mich verunsichert. Bei allem muss ich nachfragen. Wie macht man das, wie viel kostet es?

Wir haben uns doch früher im Kollektiv auch ganz wohl gefühlt, es war doch nicht nur Zwang. Jetzt muss ich lernen ›ich will‹ zu sagen und nicht mehr ›wir wollen‹. Weißt du, woran die Bundis uns Ossis erkennen? An der Machart der Jeans, an den beigegrauen Schuhen, an den kurzen Steppjacken. In der Hand tragen wir alle verknitterte Plastiktüten. So ausgerüstet stehen wir geduldig in einer Schlange vor Aldi. So was schreiben die Zeitungen drüben über uns. Na, es geht noch weiter.

Statt zu arbeiten, gehen wir einkaufen. Mit dem Wohlstand kann es uns nicht schnell genug gehen. Weißt du, Sabine, da bleibe ich doch lieber hier, wenn ihr so eine Meinung über uns habt. Es wird nie gesagt, dass wir nicht nur viel gewonnen, sondern auch etwas verloren haben. Zum Beispiel die Gemeinschaft, wir brauchten keine Angst vor Arbeitslosigkeit oder Wohnungsnot zu haben.« Thomas redet sich derartig in Rage, dass er gar nicht merkt, wie wütend Sabine ist.

»Ja, ja, das geliebte Kollektiv, so richtig kuschelig und zum Liebhaben. War es nicht eher so, dass das Kollektiv bestimmt hat, was man für eine Meinung haben soll, was man glauben darf, was man lesen muss? Denken brauchte man nicht mehr. Und dann immer das Bild von den armen Menschen im Kapitalismus, keiner kümmert sich dort um den anderen. Ausbeutung, Arbeitslosigkeit, Kriminalität, so wurde uns der Westen geschildert. Eine kalte, herzlose Welt.

Du hast doch ein Brett vorm Kopf. Bleib doch in deiner ach so heilen Welt. Bin ich froh, dass ich nicht mehr bei euch leben muss.« Sabine brüllt, dann heult sie und bekommt einen roten Kopf.

Thomas ist verlegen, das hat er nicht gewollt.

»Hör doch bitte auf mit deiner Heulerei. Wenn wir schon aneinander vorbeireden, wie soll es dann erst den anderen gehen? Du bist doch eine von uns. Verstehe mich doch. Ich war so glücklich, als sich die Grenze öffnete. Meine erste Fahrt nach Hamburg, ich dachte, mir wachsen Flügel. Ich hoffte, dass ich jetzt all das machen könnte, was ich schon immer wollte. Doch der Rausch ist bei mir verflogen. Ich habe Angst von denen im Westen belächelt zu werden, nicht akzeptiert zu sein. Täglich hören wir, unser Abitur ist nichts wert, unser Wissen ist zu einseitig, Englisch können wir nicht, ein Computer ist für uns ein böhmisches Dorf, unsere Autos sind aus Pappe, die Straßenbahnpreise viel zu niedrig. Ich kann es nicht mehr hören. Jeder hat Angst um seinen Arbeitsplatz, das ist doch ganz schrecklich!

Dass ein Neuanfang so schwer ist, hätte ich nicht gedacht. Zum Beispiel haben einige von uns einen Schülerclub gegründet. Wir wollten dort über die Veränderungen an unseren Schulen diskutieren. Zuerst war es auch ganz spannend, aber irgendwann wussten wir nicht mehr, was wir reden sollten. Dann hat sich der Club wieder aufgelöst.

Ich sehe es dir an, was du denkst. Du weißt doch selber, dass wir es nicht gelernt haben, eine eigene Meinung zu vertreten. Es müsste uns einer dabei helfen. Viele haben sich doch schon wieder völlig angepasst. Kritiklos übernehmen sie alles.«

Da sitzen die beiden in Sabines ehemaligem Kinderzimmer und wirken seltsam verloren. Im Bücherregal hat sich ein kleiner brauner Bär aus Kindertagen versteckt. Das Poster einer längst vergessenen Musikgruppe hängt an der sonst kahlen Wand. Die Probleme der ganzen Welt scheinen auf Sabine und Thomas zu lasten.

»Weißt du, Julchen hat mit den Großeltern unseren Vater besucht. Das Erste, was Julchen zu ihm sagte, als sie seine Wohnung sah, war: ›Du wohnst ja gar nicht in einem Schloss‹. Für sie war ihr Vater reich und Reiche wohnen im Schloss. Sie hat das geglaubt, weil er immer so schöne Sachen geschickt hat und auf den Fotos so elegant aussah. Oma hat uns die Bilder heimlich gezeigt, Mutti durfte es nicht wissen. Stell dir vor, meine Eltern telefonieren miteinander. Nur wegen der Kinder, hat Mutti gesagt und dabei einen roten Kopf bekommen. Es wäre doch wunderbar, wenn die beiden wieder zusammenkommen würden. Findest du nicht auch?«

»Siehst du, es gibt doch etwas Gutes an der neuen Zeit.« Sabine kann sich die kleine Spitze nicht verkneifen.

»Vor allem, dass du hier bist. Wenn ich nicht über alles reden kann, ersticke ich daran. Verstehst du das nicht? Eigentlich ist es eine tolle Zeit, die wir erleben. Nie durften wir raus. Ich weiß noch ganz genau, wie ich im letzten Jahr in Warnemünde am Strand stand und sehnsüchtig der Fähre nach Dänemark nachschaute. Das war ja für uns verboten. Jetzt weiß ich nicht, wohin ich zuerst fahren soll. So vieles steht mir offen, doch welchen Weg soll ich wählen? Sabine, hilf mir doch. Ich habe solche Angst unterzugehen.«

Tröstend legt Sabine den Arm um ihren Freund.

»Der selbstbewusste Thomas«, denkt sie, »er quält sich richtig.«

»Weißt du, Thomas, du musst dich doch heute nicht für dein ganzes Leben festlegen. Wenn du nicht so richtig weißt, was du machen sollst, dann überlege doch mal, wozu du überhaupt Lust hättest.«

»Aber Sabine, wozu ich Lust hätte. Das ist doch keine Lebensperspektive.«

»Mein Gott, sei doch nicht so schwerfällig. Wir sind noch keine zwanzig und du denkst schon an die Rente. Du musst mal ein bisschen Fantasie entwickeln. Ich finde, du hast durchaus ein komisches Talent, vielleicht gehst du zum Zirkus? Da ist dein Opa jünger als du.«

»Stimmt«, seufzt Thomas, »der lernt jetzt Italienisch. Er will im Sommer mit Oma nach Venedig, die Hochzeitsreise nachholen. Mit siebzig!«

20

»Guck mal, ein Trabi.«

»Wo? Du hast wohl einen Sonnenstich. Nee, ich werd nicht wieder, ein richtiger Trabi, in Griechenland. Nikos, hup doch mal.«

Sabine stößt Marias Bruder an. Ein regelrechtes Hupkonzert veranstaltet er.

»Nach drei Wochen der erste Trabi. Siehst du, den Traum nach Griechenland zu fahren hattest nicht nur du.« Maria lacht Sabine an.

»Ach«, seufzt Sabine, »es war ein so wunderschöner Urlaub. Schade, dass wir schon wieder nach Hause müssen.«

»Also, ich freue mich auf Hamburg. Diese ewige Hitze in Griechenland, nicht auszuhalten. Das Essen vertrage ich auch nicht mehr.«

»Unsere Oma«, Nikos tippt sich an die Stirn und schüttelt den Kopf, »Sabine ist in diesem Urlaub die Griechin, und nicht du. Worüber du dich die ganze Zeit aufgeregt hast. Nicht zu fassen. Der Strand war nicht sauber, das Essen zu ölig, die Disko langweilig, die Leute aufdringlich. Ein Glück, dass Sabine dabei war. Mit dir, meine liebe Schwester, war dieser Urlaub absolut anstrengend.«

Sabine lacht, Maria guckt beleidigt aus dem Fenster.

»Das kommt mir bekannt vor. In Leipzig habe ich auch nur gemeckert. Maria dagegen fand alles witzig und ungewöhnlich. Bockwürste hat sie in Mengen verdrückt und sogar Bier getrunken.«

Nikos nickt besänftigt. Die Landschaft gleitet an ihnen vorbei, sie nähern sich der jugoslawischen Grenze. Sabine träumt vor sich hin.

119

»Hier in Griechenland hatte ich das Gefühl, als ob ich zum ersten Mal richtig leben würde. Vielleicht übertreibe ich, aber so wohl habe ich mich noch nie gefühlt.« Sabine denkt sehnsuchtsvoll an die letzten Wochen zurück. Zum ersten Mal hat sie im Meer gebadet. Maria musste sie fast schon mit Gewalt aus dem Wasser herausholen.

»Du hast sicher schon Schwimmhäute an den Füßen«, lästerte sie, aber stolz war sie doch, dass ihre Freundin sich so wohl fühlte.

Wie eine verlorene Tochter ist sie von Marias Familie aufgenommen worden. Keinen Moment fühlte sie sich fremd. Allen musste sie ihre Geschichte erzählen, vor allem, wie der Griechenlandtraum entstanden ist. Das Büchlein »Griechenland und seine Inseln« hat sie herumgereicht, es ist schon ganz zerfleddert. Überall war es nun schon dabei: auf der Flucht und nun in Griechenland. Sabine hat viel von Thomas erzählt, von ihrer Familie. Maria hat geduldig übersetzt. Die Flucht über die ungarische Grenze musste sie Marias Oma gleich zweimal erzählen, so beeindruckt war sie davon. Während des Erzählens hat sie sich mehrfach bekreuzigt. Am nächsten Tag hat sie Sabine ein Buch mit einem bunten Einband überreicht. Ein Tagebuch. Die Großmutter wollte, dass sie alles, was sie in den letzten Monaten erlebt hat, aufschreibt. Damit sie sich immer daran erinnert.

Sabine zieht das Tagebuch aus ihrem Beutel. Gestern Abend hat sie zum ersten Mal etwas aufgeschrieben:

Abschied von Griechenland

Morgen fahren wir nach Hamburg. Will ich eigentlich dorthin zurück?

Wo ist mein Zuhause? Vielleicht doch in Leipzig? Oder würde ich lieber hier in diesem kleinen griechischen Dorf leben? Fragen über Fragen.

Für Marias Großmutter ist es einfach. Dort, wo die Familie ist, da ist auch ihre Heimat, sagt sie. Für Maria dagegen sind die Freunde und die Arbeit wichtiger als die griechische Familie im Dorf. Nikos will ins Dorf zurück, aber erst, wenn er alt ist, so wie es seine Eltern machen werden.

Und ich? Wohin gehöre ich? Bald wird es keine Grenze mehr zwischen unseren beiden deutschen Ländern geben. Wir sind dann ein Land. Eigentlich muss ich mich gar nicht mehr entscheiden, in welchem Teil ich leben will, ob in Ost oder in West. Aus der Entfernung, hier in Griechenland, kommt mir alles viel einfacher vor. Ich könnte in Hamburg studieren, später in Leipzig an der Schule unterrichten und abwechselnd in Ungarn und Griechenland meinen Urlaub verbringen. Keiner kann es mir verbieten und einen Reiseantrag muss ich nie wieder stellen.

Ich kann Renate eine Kassette von BAP schicken und sie kann die Musik jedem vorspielen, ohne Angst haben zu müssen, dass sie einer verpfeift.

Karin kann mir am Telefon erzählen, wie es ihrem Bruder im Gefängnis ergangen ist, und keiner hört mit. Falls doch, kann es ihr egal sein.

Ihr Bruder wurde vorzeitig aus dem Gefängnis entlassen, weil es den Tatbestand »Republikflucht« nicht mehr gibt.

Ich muss keine Angst mehr haben meine Meinung zu sagen, auch wenn die anderen dagegen sind.

Das muss ich lernen.
Ich werde versuchen, das nehme ich mir ganz fest
vor, beide Teile, den Osten und den Westen, in mir
zu vereinen. Vielleicht entsteht ja dadurch etwas
Neues. Es kann doch sein, dass ich in zehn Jahren
überall zu Hause bin, in New York genauso wie in
Moskau. Grenzen können mich jedenfalls nicht
mehr hindern.

Sabine klappt ihr Tagebuch zu.
»Ob ich das alles schaffen werde?«
Ihr wird ganz schwindelig bei dem Gedanken.
Wohlige Müdigkeit umhüllt sie. Wie durch eine
Nebelwand hört sie Maria rufen: »Guck mal Sabine,
schon wieder ein Trabi.«

Zeittafel

1989

7. Mai: Volkskammerwahlen in der DDR. Bürger-
rechts- und Friedensgruppen beobachten die
Auszählungen und stellen massive Fälschungen
fest.

Sommer: Einsetzen einer Massenflucht aus der
DDR. Flüchtlinge in den diplomatischen Vertretungen der Bundesrepublik in Prag, Warschau
und Budapest.

10. September: Die ungarische Regierung gibt bekannt, dass vom 11. September an alle ausreise-
willigen DDR-Bürger direkt aus Ungarn in das
Land ihrer Wahl reisen dürfen.

11. September: Gewaltige Flüchtlingswelle aus Ungarn nach Bayern setzt ein.

Ende September – Anfang Oktober: Nach Reise-
beschränkungen DDR–Ungarn: Ansturm auf die
diplomatischen Vertretungen in Prag und Warschau. Wegen der bevorstehenden Feierlichkeiten
zum 40. Jahrestag lässt die DDR Tausende in
Sonderzügen aus Prag und Warschau in die Bundesrepublik ausreisen. Tumultartige Szenen auf
DDR-Bahnhöfen bei Durchfahrt der Züge. Zahl-
reiche Verhaftungen, brutaler Polizeieinsatz in
Dresden.

2. Oktober: In Leipzig demonstrieren 25 000 Menschen. Sie werden von Betriebskampfgruppen
auseinander getrieben.

7. Oktober: Feiern zum 40. Jahrestag der DDR. In
vielen Städten Demonstrationen für Reformen.
Auflösung durch Polizeieinsätze.

9. Oktober: In Leipzig demonstrieren nach den traditionellen Friedensgebeten in der Nikolaikirche etwa 70000 Menschen für demokratische Reformen. »Wir sind das Volk«.

18. Oktober: Erich Honecker wird als SED-Generalsekretär und Staatsratsvorsitzender abgelöst. Nachfolger wird Egon Krenz.

23. Oktober. Großdemonstrationen für Reformen in vielen Städten der DDR.

4. November: In Berlin gehen hunderttausende auf die Straße. Es sprechen Schriftsteller, Künstler und Vertreter der neuen Vereinigungen.

9. November: SED-Politbüromitglied Günther Schabowski kündigt am Abend unvermittelt die Öffnung der Westgrenzen für den nächsten Tag an. Tausende strömen noch in der Nacht zur Mauer und erzwingen freien Grenzübertritt.

1990

18. März: Volkskammerwahlen in der DDR. Überwältigende Mehrheit für die Koalition von CDU, Liberale und Demokratischer Aufbruch.

18. Mai: Unterzeichnung des Staatsvertrages zwischen DDR und Bundesrepublik.

6. Juni: Kommunalwahlen in der DDR.

1. Juli: In-Kraft-Treten der Währungs- und Sozialunion der beiden deutschen Staaten.

3. Oktober: Nach Artikel 23 des Grundgesetzes Beitritt der DDR-Länder Sachsen, Thüringen, Sachsen-Anhalt, Brandenburg und Mecklenburg-Vorpommern zur Bundesrepublik.

2. Dezember: Wahlen zu einem gesamtdeutschen Parlament.

dtv
pocket

Christian Linker

ISBN 978-3-423-**78217**-3   ISBN 978-3-423-**78207**-4

ISBN 978-3-423-**78214**-2   ISBN 978-3-423-**78224**-1

dtv

»Dein Leben ist
wie ein Gewittersturm.«

»Unsere Welt, die Welt
der Jungen und Mädchen
aus den Heimen, hatte keinen Platz für Träume, sie
ließ uns keine Zeit dazu.
Wir lebten wie batterie-
betriebene Männchen.
Solange die Batterie voll
war, liefen wir, wenn die
Batterie leer war, waren
wir tot.«

Ausgezeichnet mit dem
Oldenburger Kinder-
und Jugendbuchpreis.

MIRIJAM GÜNTER

HEIM

Roman

dtv extra

ISBN 978-3-423-**70884**-5